加速世界

Accel World

16 白雪公主的假寐

川原 礫
插畫 / HIMA

Kadokawa Fantastic Novels

■黑雪公主＝梅鄉國中的學生會副會長，是個清純又聰慧的千金小姐，真實身分無人知曉。校內虛擬角色為自創程式「黑鳳蝶」，對戰虛擬角色為「黑之王」＝「Black Lotus」（等級9）。
■春雪＝有田春雪。梅鄉國中二年級生，體型略胖，遭人霸凌。對遊戲很拿手，但個性內向。校內虛擬角色為「粉紅豬」，對戰虛擬角色為「Silver Crow」（等級5）。
■千百合＝倉嶋千百合。跟春雪從小就認識，是個愛管閒事又活力充沛的少女。校內虛擬角色為「銀色的貓」，對戰虛擬角色為「Lime Bell」（等級4）。
■拓武＝黛拓武。跟春雪及千百合從小就認識，擅長劍道，對戰虛擬角色為「Cyan Pile」（等級5）。
■楓子＝倉崎楓子，曾參加上一代「黑暗星雲」的資深超頻連線者。前「四大元素(Elements)」之一，司掌風。因故過著隱士般的生活，但在黑雪公主與春雪的勸說下回歸戰線。曾傳授春雪「心念」系統。對戰虛擬角色是「Sky Raker」(等級8)。
■謠謠＝四埜宮謠。參加上一代「黑暗星雲」的超頻連線者。名列「四大元素(Elements)」之一，司掌火。是松乃木學園國小部四年級生。不但能運用高階解咒指令「淨化」，還很擅長遠程攻擊。對戰虛擬角色為「Ardor Maiden」(等級7)。
■Current姊＝正式名稱為Aqua Current，本名冰見晶。是前「黑暗星雲」旗下的超頻連線者「四大元素（Elements）」之一，司掌水。人稱「唯一的一(The One)」，從事護衛新手的「保鏢(Bouncer)」工作。
■Graphite Edge＝本名不詳。是前「黑暗星雲」旗下的超頻連線者「四大元素」之一，真實身分至今仍然不詳。

■神經連結裝置＝以量子無線方式與大腦連線，透過影像與聲音等方式，對所有感官都能提供訊息的攜帶型終端機。
■BRAIN BURST＝黑雪公主傳給春雪的神經連結裝置內應用程式。
■對戰虛擬角色＝玩家在BRAIN BURST內進行對戰之際所控制的虛擬角色。
■軍團＝Legion。由多名對戰虛擬角色組成的集團，以擴張占領區域及確保利權為目的。主要軍團共有七個，分別由「純色七王」擔任軍團長。
■正常對戰空間＝指進行BRAIN BURST正規對戰（一對一格鬥）用的場地。儘管有著直逼現實的高規格重現度，但遊戲系統則與上個世代的格鬥遊戲相差無幾。
■無限制中立空間＝只允許4級以上對戰虛擬角色進入的高等級玩家用場地。其中的遊戲系統規模遠超出「正常對戰空間」之上，自由度比起次世代ＶＲＭＭＯ遊戲也毫不遜色。

■運動指令體系＝用以控制虛擬角色的系統，正常情形下對於虛擬角色的控制都由這個系統處理。
■想像控制體系＝透過堅定想像意念（Image）來控制虛擬角色的系統。運作機制與正常的「運動指令體系」大不相同，只有極少數人懂得如何運用，是「心念」系統的精要。
■心念（Incarnate）系統＝干涉BRAIN BURST的想像控制體系，引發超越遊戲格局之現象的技術。又稱做「現象覆寫（Overwrite）」。

■加速研究社＝神祕的超頻連線者集團。不把「BRAIN BURST」當成單純的對戰遊戲而另有圖謀。「Black Vise」與「Rust Jigsaw」等人都是這個社團的成員。
■災禍之鎧＝名喚Chrome Disaster的強化外裝。一旦裝備上去，就可以使用吸取目標ＨＰ的「體力吸收」與透過事前運算來閃避敵方攻擊的「未來預測」等強力技能，但鎧甲擁有者的精神會遭到Chrome Disaster汙染，進而完全受到支配。
■Star Caster＝Chrome Disaster所拿的大劍，有著兇惡的造型，但原本的外形可說名符其實，是一把意象莊嚴，有如星星般閃閃發光的名劍。

■ＩＳＳ套件＝ＩＳ模式練習用（Incarnate System Study）套件的縮寫。只要用了這種套件，任何超頻連線者都能夠運用「心念系統」。使用中會有紅色的「眼睛」附在虛擬角色的特定部位上，散發出來的黑色鬥氣就是象徵「心念」的「過剩光(Over Ray)」。

■「七神器」(Seven Arcs)＝指「加速世界」中七件最強的強化外裝。包括大劍「The Impulse」、錫杖「The Tempest」、大盾「The Strife」、形狀不詳的「The Luminary」、直刀「The Infinity」、全身鎧「The Destiny」與形狀不詳的「The Fluctuating Light」。

■「心傷殼」＝包覆對戰虛擬角色根源所在之「幼年期精神創傷」的外殼。據說若外殼格外堅固厚重，安裝BRAIN BURST後就會塑造出金屬色的對戰虛擬角色。

■「人造金屬色」＝不是從玩家的精神創傷中自然誕生，而是由第三者加厚其「心傷殼」，人為創造出來的金屬色虛擬角色。

■「無限EK」＝無限Enemy Kill的簡稱。是指在無限空間因強力公敵導致對象虛擬角色死亡，經過一段時間復活後再次被殺，陷入無限地獄的迴圈。

Accel World

1

永恆的傍晚天空，被筆直撕開。

從東京中城大樓高樓層發射出一道漆黑的虛無屬性光束，維持與地面平行的角度不斷延伸，出力毫不衰減地從頭上通過，消失在遙遠的東北方天空中。

要是那道光束一路射到加速世界的盡頭，不知道會發生什麼事。是會無聲無息地消失，還是會引發大爆炸……又或者，就連這個世界的牆壁都會被打出一個大洞？

超頻連線者「Magenta Scissor」——小田切累，一邊想著這樣的疑問，一邊將視線拉回光束的來源。

累所坐的地方，是在港區第一戰區（Area）內一處大型商業設施「赤坂Sacas」正中央的廣場。而在西南方距離此處八百公尺的中城大樓裡，黑之團的團員正與「ＩＳＳ套件本體」戰鬥。累雖沒有直接看到現場的景象，但透過寄生在她胸部裝甲內的套件終端機，仍然可以感受到從本體傳來的憤怒波動。

……不對，由本體發出的憤怒與仇恨，是從累這些套件使用者自己內心中產生出來，逐漸累積而成的。所以也可以說這股黑色波動之中，本來就有幾%是累自己的憤怒與仇恨。

古希臘哲學家亞里斯多德曾對憤怒與仇恨的差異有過這樣的解釋。

憤怒是由自己以及包括自己在內的人所遭逢的際遇而生。憤怒伴隨痛苦，總有一天會隨著時間經過而痊癒。

但仇恨是從與自己並沒有直接相關的原因而生，因此仇恨並不伴隨痛苦，也就不會隨著時間經過而痊癒。

累對以力量凌虐弱者的超頻連線者產生了憤怒，對允許這種行為的加速世界系統產生了仇恨。

人們說對戰虛擬角色是以精神創傷為鑄模而塑造出來。還說儘管外型與能力五花八門，但總潛能都是一樣的。

這是笑話。每一個超頻連線者都知道，對戰虛擬角色的實力與外觀當中，存在著絕對的不平等。只是許多人都對這樣的不平等視而不見罷了。

黑之團「黑暗星雲」的團員，尤其是黑之王Black Lotus與幹部四大元素（Elements），對累而言更是加速世界不公平的象徵。她們外表英勇、美麗而脫俗，更有著贏得無數響亮外號的戰鬥力。甚至連黑之團對六大軍團揭竿起義，挑戰固若金湯的禁城，軍團一度瓦解卻又浴火重生的戲劇性，都讓累覺得這些更在在證明了她們是一群「得天獨厚的人」。

累以往從不曾和黑之王與四大元素交手過，所以若是照亞里斯多德的話來解釋，累對她們感受到的就不是憤怒，而是仇恨。那是一種無論過了多少時間都得不到痊癒，一種像是詛咒的情緒。

但今天累終於和黑之團交上了手。她和十三名志同道合的ＩＳＳ套件使用者一起在無限制中立空間埋伏等著他們，卯足了每一分力量向他們挑戰。

然後累打輸了。老實說，那甚至說不上是一場戰鬥。

ＩＳＳ套件會賦予裝備者近戰攻擊「黑暗氣彈(Dark Shot)」與遠程攻擊「黑暗擊(Dark Blow)」這兩種招式。兩者都是萬能的虛無屬性攻擊，所以都屬於無法用正常手段防禦的心念技。

只要學會運用這兩種力量，至少戰鬥力方面的不平等就會消失。有了這樣的力量，那些本來像是只為了成為強者手下敗將而生的弱小對戰虛擬角色，即使對上純色七王的軍團團員，實力也將有過之而無不及。本來應該是這樣。

但黑之王與四大元素的實力，遠遠超過累的預期。黑暗擊被躲開，黑暗氣彈被彈開，從頭到尾沒有一次攻擊正中她們。

不只是幹部群，連黑暗星雲的新秀Silver Crow、Lime Bell、Cyan Pile等三人，面對人數上占了優勢的套件使用者，仍然一步都不退縮，儘管遍體鱗傷仍然努力奮戰。其中擺脫ＩＳＳ套件支配的Cyan Pile，更以多半是他自己創造出來的心念之劍，正面攻破了累面對近戰型對手有著必勝把握的特殊能力「遠距裁切（Remote Cut）」。

而對累帶來更大震撼的，就是當超大型神獸級（Legend）公敵「大天使梅丹佐」突然加入戰局，以雷射進行攻擊時，Silver Crow竟挺身幫眾人擋住雷射。他不止保護黑之團的團員，連累等十四名敵人也都一併保護。

不知不覺間，累已經踏入雷射餘波造成的熔岩池裡，撐住Crow的雙肩。

寄生在胸口的ＩＳＳ套件不停發出命令，要她破壞眼前這個矮小的對戰虛擬角色，讓她糾結得幾乎把身體扯成兩半，但累仍然持續支撐住Crow。就在那一瞬間，累知道自己輸了。

——不對。

其實也許早在幾天前，她就已經有了這樣的預感。早從他們在世田谷戰區，和試圖保護連領土都沒有的泡沫軍團「Petit Paquet」的Silver Crow對戰而打輸的那時候，就已經有了這樣的預感。

幾秒鐘前從頭上劃過的漆黑光束，是潛伏在中城大樓高樓層的ＩＳＳ套件本體所發射出來的原版黑暗氣彈。與由終端機使用者所發射的版本相比，威力高達數十倍。一旦挨個正著，相信任何對戰虛擬角色都會在瞬間消失，可說是加速世界裡最凶惡的攻擊。

但想來黑之王她們多半不會打輸。累透過寄生在胸口的終端機，感受到的並非只有本體的憤怒與仇恨，更包括了深沉的恐懼。她本以為本體只是沒有靈魂的惡意結晶，卻感受到它的憤怒、害怕與戰慄。

——到頭來，我的所作所為是否毫無意義呢？是否就只是無謂地在加速世界中帶來混亂，增加仇恨與悲傷……？

累一邊這樣自問，一邊朝後又看了一眼。她看到由她分送，不，應該說是由她寄生的多達十三名超頻連線者，都無力地癱坐在地上。

聳立在Sacas廣場後方的電台大樓當中設置了傳送門，但從中城大樓走了一公里左右來到這裡後，她決定不要立刻登出，而是留在這裡見證黑之團的戰況。

只是話說回來，她這群同伴的鏡頭眼都已經變得空洞無神，對從正上方劃過的光束也幾乎沒有任何反應。

ＩＳＳ套件會給予使用者太過強大的力量，代價就是會奪走他們的心。裝備者的情感會變得遲鈍，只會受到機械式的憤怒與仇恨驅使。最可怕的地方，就在於套件甚至會影響到使用者現實中的身心狀況。儘管不像在加速時那麼嚴重，但已經確定發生過有人在現實世界中變得暴躁易怒或憂鬱的案例。

累本來就屬於情緒不容易激動的人，對套件的干涉似乎頗有抵抗力，但這群同伴的人格應該都已經改變到了瞞不過周遭人們的地步，也許他們當中更有人已經因此失去了友情。他們大部分都是自願接受ＩＳＳ套件，但其中也有人是被累以剪刀剪開虛擬角色裝甲強行植入套件。

累逼自己相信這麼做是為他們好。告訴自己說與其淪為任由強者榨取點數的獵物，就這麼從加速世界消失相比，套件的干涉根本不是什麼大不了的問題。

然而——

今天這一戰，讓累深深體認到ＩＳＳ套件的……體認到「由別人給的力量」跨越不了的絕對極限。黑暗擊與黑暗氣彈都是威力強大的攻擊，卻無法讓使用這些招式者的精神跟著變強。純就精神力而言，也許反而變得比接受套件之前更加脆弱。所以他們才會打不贏黑暗星雲。

黑之王與四大元素，也不是從一開始就那麼強。她們是從失敗中學習，累積了數不清的努力，找出自己內在的力量，磨練到了現在的地步。

當然她們多半仍然受到了名為隨機性的不平等的恩寵，但在成了高等級玩家的現在，這些恩寵都只是微不足道的因素。從相反的角度來看，無論什麼樣的超頻連線者，都得到了無限變得更強的機會，就像現在正走在這條路上的Silver Crow一樣。

人們說他是加速世界當中唯一的完全飛行型角色，讓累認為他是最受命運——最受ＢＢ系統恩寵的人。但相信實情多半並非如此。

Crow是個除了飛行以外一無所有的畸形對戰虛擬角色。當人們建構出各式各樣對抗飛行能力的攻略法之後，他應該也嘗過了無數的挫折。

但他並未放棄。他相信自己的心所造出來的虛擬角色，磨練自己所具備的唯一能力，得到了足以正面對抗神獸級（Legend）公敵的實力。

Cyan Pile也是一樣。他是擁有中距離貫通武器的近戰重量型角色，但儘管懷抱著這樣的矛盾而生，遇到過無數的障礙，仍然不死心地克服障礙，終於從自己內心深處拔出了一把堂堂正正的劍。累的剪刀在Pile的劍上剪過上百次，終究沒能剪斷劍刃。

他們的強悍證明了黑之王用了對的方式引領他們，而這同時也證明了黑之王等人自己的強悍。累則是靠著ＩＳＳ套件這種借來的力量增加同伴、實現願望，和他們有著根本上的差異。

如果ＩＳＳ套件本體遭到破壞，所有套件使用者所擁有的終端機也因此消滅，累從當上超頻連線者到今天的所做、所見、所想，是否都將失去所有的意義？是否就連期望加速世界中能夠有著暫時的公平性，都將變得只是愚蠢的痴人說夢？

……不。

這個答案要由自己來決定。即使是從戰敗、失敗與過錯當中，仍然能夠找出一些有價值的事物。相信那隻銀色的烏鴉一定會這麼說。

「……小酪。」

累小聲這麼一喊，滾落在她身邊的小小球體——「Avocado Avoider」的本體，發出了細小的「喀囉囉」一聲做為回應。儘管理由多半和累不同，但累的十三名同伴當中，就屬這個異形虛擬角色留下了最多的自我。累用雙手抱起他，放到膝上喃喃說道：

「將來有一天，我們再去見他們一面吧。為了知道我們至今所做的事情……我們想做的事情，到底有什麼意義。」

於是累靜靜等著ＩＳＳ套件本體遭到破壞的那一瞬間來臨。

2

「那……到底是…………」

黑雪公主用虛脫的雙手拚命撐起身體，發出沙啞的嗓音。

東京中城大樓四十五樓。寬廣的樓層南端，可以看到有個直徑十公尺左右，把大理石地板熔成火紅的岩漿池。

一個漆黑的大球體不斷噴出火焰與熱氣，有一半沉入熔岩池中。儘管被熔岩的高熱燒得焦黑、龜裂，但這個球體就是在加速世界中招來莫大混亂的元凶——ＩＳＳ套件本體。

這個至今仍然有著許多未解之謎的眼球型物體，連續發出威力驚人的黑暗擊與黑暗氣彈，逼得黑雪公主等人幾乎全軍覆沒，但受到四埜宮謠／Ardor Maiden以「破壞心念」創造出來的熔岩燒灼，眼看終於要力盡身亡。闔起一半以上的瞳眸已經失去光芒，保護眼球的肉質裝甲也全都燒得破碎掉落，如果可以看到體力計量表，相信應該只剩下幾個像素長。

但無論是黑雪公主、還是在她身旁同樣還躺在地上不動的倉崎楓子／Sky Raker與冰見晶／Aqua Current，目光都從套件本體上移開。她們所看著的，是樓層左側一堵毫無特異之處的白色牆壁。牆上有一個地方微微焦黑。

短短幾秒鐘前，套件本體射出一道細小的光線，貫穿牆壁——嚴格說來應該是穿透牆壁，消失在南方的方位。

看上去不像是攻擊，比較像是單純傳送資訊的傳輸光束。即使如此，在看到紅光軌跡的瞬間，黑雪公主卻覺得全身冰涼，知覺麻木。

她以Black Lotus之姿創生在加速世界已有七年，其間已經一而再再而三遭遇到各種遠超出理解的現象或令人毛骨悚然的可怕存在。然而從ＩＳＳ套件本體照射不到三秒鐘的傳輸光束，帶給黑雪公主的戰慄卻比她從前見過的任何事物都來得深。

惡意。

那道光線傳出去的，是累積在ＩＳＳ套件本體當中的大量惡意。一種為了傷害、凌虐、破壞所有超頻連線者而精鍊出來的純粹負面心念能量。

心念系統（Incarnation）是對戰格鬥遊戲「BRAIN BURST」當中最強大的力量。精鍊到極限的想像，將能覆寫（Overwrite）任何現象，引發各式各樣的奇蹟。

但既然名為系統，其中也就有著定律來加以限制。

有人說：屬性與虛擬角色相反的心念是學不會的。

有人說：招式威力越強，就會帶來越重的消耗。

有人說：一旦濫用心念，就會被膨脹的心靈黑暗面拉進去，因而失去自我——

也就是說，單一超頻連線者所能創造出來的心念能量是有極限的。即使追求能夠破壞整個加速世界的力量，憑個人的精神容量，終究承受不了那麼龐大的能量。

在黑雪公主所知範圍內，最強的「破壞心念」使用者就是外號「剎那的永恆（Transient Eternity）」的白之王White Cosmos，但即使是她，要破壞對戰空間的三分之一，仍須花上三十秒進行十餘次攻擊。規模遠遠比不上一發就能燒燬同樣面積的大天使梅丹佐的雷射攻擊。也就是說，這就是個人心念的極限了。

加速研究社透過ＩＳＳ套件這個全新的系統，打破了這個極限。

他們對多達數十名超頻連線者給予同一種心念，將每個人心中懷抱的憤怒與仇恨，匯集到套件本體中加以累積、融合，創造出了加速世界中前所未見的大規模「破壞心念能量」。先前黑雪公主、楓子與晶，都在與套件本體的戰鬥中被打得癱瘓，這個事實就證明了這種心念驚人的威力。若要她們再一次中和先前那種黑暗氣彈，那是絕對辦不到的。

所幸她們三人千辛萬苦地守住了後方的謠，透過謠的「火焰之舞」，幾乎完全破壞了套件本體。

但研究社的圖謀卻並未就此結束。瀕死的本體發射出一道紅色光線，那正是蓄積在本體當中的破壞心念。也就是說，就連ＩＳＳ套件也只不過是他們的手段之一。在眼球當中精鍊而成的一股純粹而龐大的黑暗能量，被傳送到了加速世界的另一個地方——那裡又會出事，會發生更邪惡、更可怕的事情。

「…………春雪……」

黑雪公主不知不覺地呼喊了唯一一個「下輩」的名字。

有田春雪／Silver Crow為了追趕擄走紅之王Scarlet Rain，自稱是加速研究社副社長的Black Vise而飛離中城大樓。黑雪公主確信憑他的能力，一定能夠救回仁子，平安回來，但Black Vise也是個仍然深不可測的對手。而套件本體發射光線的方位與Vise逃亡的方位，都指向港區戰區的南側，這個事實也讓她放心不下。

但願跟去支援Crow的Cyan Pile與Lime Bell，以及去追擊Argon Array的Blood Leopard能夠順利會合，就不知道——

黑雪公主想到這裡，後方傳來了一聲輕微的衝擊聲。

當她迅速回頭一看，就看到一個跪在白堊地板上的嬌小身影。是「劫火巫女」Ardon Maiden。倒在黑雪公主身旁的楓子，以細小的聲音呼喊她的名字：

「謠謠！」

天藍色虛擬角色拚命想起身，但她雙腿遭黑暗氣彈打個正著，膝蓋以下完全缺損，愛用的輪椅也倒在離得很遠的地方。黑雪公主也同樣雙手雙腳前端都被擊碎，無法輕易撐起身體。

「我來。」

簡短說出這兩字的，是三人當中傷勢相對較輕的晶。她搖搖晃晃地起身，把覆蓋全身的流水裝甲匯集到雙腳，往樓層後方滑行。接著她抱起精疲力盡的巫女型虛擬角色，繞到輪椅旁把輪椅也扶正後，回程則用走的回來。

黑雪公主總算成功站起，用刀刃殘缺的右手扶起楓子，讓她坐到晶推來的輪椅上。

「謝謝妳們，Lotus、Current。」

楓子道謝過後，從晶懷裡接過謠，將她牢牢抱在膝蓋上。儘管遮住巫女面罩的能樂面具型追加裝甲已經解除，但她一對圓滾滾的鏡頭眼卻空洞無神。相信是因為發動大招——而且還是發動屬於第四象限的大規模破壞心念技所造成的影響，讓她處於接近「零化現象（Zero Fill）」的狀態當中。

如果只是零化現象，遲早總會恢復，但她同時還面臨了連帶引發負面心念的「逆流現象（Overflow）」的危險。楓子似乎也想到了同一件事，輕輕摸了摸謠的臉，輕聲細語對她說：

「……謠謠，妳好努力。接下來妳就好好休息……不用擔心，直到妳醒來，我們都會在妳身邊陪著妳……」

也不知道是不是聽到了她這番話，巫女的白色面罩顯得比剛才和緩了些。黑雪公主與晶對看一眼，相視微笑，接著將視線轉往樓層南側。

即使謠的心念技停止，熔岩仍然維持高溫，發出朦朧的紅色光芒。而埋沒在熔岩正中央的ＩＳＳ套件本體——由於肉質裝甲已經全部燒燬，也許該說是本體中的本體——也失去了那黑珍珠般的光澤，如今已然成為一團焦炭。

而套件本質所在的負面心念能量，都已經全部傳送到某處，所以想來那個黑色球體已經成了一個空殼子。令人在意的，是被迫寄生在本體上的紅之王Red Rider複製體說過的話。

不是公敵，也不是強化外裝，多半是對戰虛擬角色。

紅之王的確這麼告訴過她們。

如果這個只被稱之為ＩＳＳ套件本體的漆黑巨大眼球真的是對戰虛擬角色，那麼這個東西……不，應該說「他」或「她」，應該有個真正的名字。而擁有這個巨大虛擬角色做為遊戲中分身的超頻連線者，應該也存在於現實世界當中。

「……有沒有什麼辦法，可以在無限制空間裡查看虛擬角色名稱啊……」

黑雪公主喃喃說出這句話，站在身旁的晶就輕輕搖了搖頭。

「沒有……應該沒有說……而且，我到現在還無法相信，那個東西會跟我們一樣是對戰虛擬角色……」

「嗯……可是——這個問題有唯一一個方法可以查證。」

黑雪公主這麼一斷定，這次晶和坐在輪椅上的楓子都點了點頭。

ＩＳＳ套件本體已經呈現出瀕死的跡象，一旦完全加以破壞，如果這本體既不是公敵也不是物件，而是對戰虛擬角色，那麼消滅後應該會出現「死亡標記」。而且增加的超頻點數數值，也有助於判斷真相。

假設死亡標記出現，讓她們得以確定套件本體是對戰虛擬角色，屆時就會套用無限制空間的規則，讓這個虛擬角色在六十分鐘後復活。但由於本質所在的心念能量已經傳送到別處，相信到時候復活的將只會是個無力的空殼。

「……其實這種時候應該由把它逼到這個地步的Maiden來補上最後一擊才對……」

黑雪公主一邊說，一邊望向被楓子抱在懷裡的謠，但她仍然沒有清醒的跡象。楓子抬起頭來，在淡淡的微笑中回答：

「Lotus，由妳來做個了結。相信Maiden一定也會這麼說。」

「我也這麼覺得說。」

晶也表示同意，黑雪公主只好點點頭。她虛擬角色的四肢總算慢慢恢復力氣，而且也沒有多餘的時間可以繼續討論了。因為她們四人攻入中城大樓，並不是為了破壞ＩＳＳ套件本體，而是為了從被本體吞沒的傳送門回到現實世界，拔掉仁子的神經連結裝置的直連傳輸線。

黑雪公主以前端已經粉碎的右腳，往前踏上一步——

就在這時……

好幾件事接連發生。

首先是一陣強烈到了極點的壓力，幾乎化為物理的衝擊波，從南方直撲而來。她們反射性地看了看ＩＳＳ套件本體，但壓力的來源並不是套件本體，而是圍繞樓層的牆外，正好就是本體發射紅色光線的方位。

「………？」

原以為是又有強敵出現而擺出戒備態勢，接著才注意到不對勁。壓力不是來自黑雪公主等人所在的中城大樓，而是有人在很遙遠的地方解放了爆炸性的心念能量，才會以空氣震波般的現象一路傳到這裡。

但若真是如此，那麼到底又是誰發出了這麼強大……強大得足以媲美火山爆發的壓力波？哪怕只有一瞬間，黑雪公主等人終究陷入了思考停滯的狀態，只能茫然望著南邊的牆壁。因此她們晚了一步發現。

原以為已經瀕臨死亡而動彈不得的ＩＳＳ套件本體，突然睜大了眼睛。從中露出的血紅色瞳孔從內側破裂，飛濺而出的黑濁黏液當中，有種小小的物體以猛烈的速度撲向黑雪公主。

那是個將許多根極細小的觸手伸得像一叢鋼鐵探針似的小型球體。

ＩＳＳ套件終端機。

「小幸！」

楓子發出沙啞的驚呼，晶揮出右手，黑雪公主也反射性地揮過左手劍。
但她那前端缺損達十五公分之長的劍刃，只足以切斷一根套件觸手。
下一瞬間，漆黑的尖針接連刺進了Black Lotus胸部裝甲上的多處裂痕之中。

＊＊＊

「災禍之鎧…………MarkⅡ…………」
春雪連連搖頭，彷彿想蓋過自己不小心說出的這幾個字。
加速研究社精心策劃的多項圖謀——ＩＳＳ套件的擴散感染、人造金屬色角色計畫、擄走紅之王Scarlet Rain，這些圖謀的最終目的，就是創造出新的「災禍之鎧」。這是幾天前，由Aqua Current，也就是冰見晶推敲出來的答案。
但這件事對春雪而言，實在太缺乏現實感。一開始的「災禍之鎧」——「Chrome Disaster」，是在加速世界的黎明期誕生，經過多達六名超頻連線者繼承——這第六人就是春雪自己——而讓實力越來越強，是一件受詛咒的強化外裝。如果只看累積起來的傳說數量，說不定已經足以媲美禁城的超級公敵「四神」。
春雪覺得哪怕加速研究社再怎麼神通廣大，也不可能在短短幾週之中就創造出這樣的東西。不，應該說他希望這是不可能的。這不僅是因為害怕加速世界中又有新的威脅誕生，同時也是因為他心中有著一種曾經短暫成為第六代Disaster的矜持。

然而──

如今屹立在短短幾十公尺外，朝著烏雲密布的天空持續發出異樣咆哮的鋼鐵巨人，無論是那融合了機械與生物的外型，還是籠罩全身的凶煞鬥氣，都讓春雪再也無法否定它酷似Chrome Disaster。

站在春雪兩側的拓武、千百合、Pard小姐與仁子，似乎都因為事態太出乎意料之外而說不出話來。本來遇到這種場面，應該要立刻決定要逃還是要攻擊，但每個人都動彈不得，呆呆站在原地。

忽然間，巨人停止了凶猛的咆哮，慢慢放下了高高舉起的雙手。

「迪嚕嚕嚕……」

巨人發出像是上世紀內燃機似的低吼聲，慢慢轉過身來。流線型的軀幹上半部，有著巨大的單眼球發出飢渴的血紅色光芒。那是一種無盡飢渴的冰冷光芒，令人聯想起ＩＳＳ套件眼球所發出的光。

「……要……要怎麼辦……」

千百合挨在春雪左側說出這句話。

儘管這句話說得嗓音發顫，仍然打破了春雪被定身的狀態，讓他深深吸一口氣。他將黃昏空間冰冷的空氣灌滿整個虛擬的肺，恢復了少許思考力。

「……也只能打了。」

春雪以沙啞的聲音這麼一宣告，千百合纖細的虛擬身體立刻僵住，但她或其他三人都並未出聲反駁。每個人都知道春雪做出這個決定的理由。

災禍之鎧的原版Chrome Disaster，是由三個要素組成。

首先是穿上鎧甲，在獲得力量的同時，也不斷培育鎧甲力量的歷代裝備者。

其次是從蓄積在鎧甲上的負面心念黑暗面中當中誕生的虛擬知性體「野獸」。

最後再加上軀殼的強化外裝「七神器（Sever Arcs）」之中相當於六號星（Zeta）的白銀鎧甲「The Destiny」。

由加速研究社重新催生出來的「災禍之鎧」MarkⅡ，也同樣由三個要素組成。

首先，穿戴者是由Argon Array根據「心傷殼理論」創生出來的神祕金屬色虛擬角色Wolfram Cerberus。

接著是一道不知從何而來，只見由天空射入駕駛艙，支配Cerberus，進而奪走MarkⅡ控制權的神祕紅光。

而做為MarkⅡ實體軀殼的，則是紅之王Scarlet Rain花了漫長時間與莫大努力培養至今的強化外裝「無敵號」——

若要追求萬無一失，這時應該先行撤退，先和應該位在中城大樓的黑雪公主等人會合之後，再傾全力一戰。然而很遺憾的是，他們沒有時間這麼做。因為一旦空出太多時間，很可能就會因此失去無異於仁子分身的強化外裝。

他們無論如何都非得搶回無敵號不可。因為仁子為了才剛認識的Ash Roller／日下部綸，以及身為黑暗星雲四大元素之一的Aqua Current／冰見晶，以朋友立場幫助他們進行今天的作戰。

春雪朝右瞥了一眼，結果就和同時朝他看了過來的仁子目光交會。春雪在紅之王想開口之前，就主動斬釘截鐵地再度宣告：

「現在還有機會搶回無敵號。不對，我們一定要搶回來。所以，我們要跟它打，而且要打贏！」

結果仁子與她身後的Pard小姐同時發出淡淡苦笑的氣息。她聳了聳肩，點點頭說：

「也是啦，到了這個地步，也只能盡力看能打到什麼程度了啊。」

「K。」

這句話當然是Pard小姐說的。在春雪左側，拓武與千百合也下定了決心似的出聲回應：

「知道了，小春。的確，如果那玩意跟災禍之鎧很類似，說不定時間經過越久，就會變得越強……既然要打，就應該趁現在。」

「好！看我賞它一記……」

「不，小千，妳有重要的工作要做，在機會來臨前妳先退開。」

「又……又要躲後面？我每次都只能這樣！」

兒時玩伴默契十足的互動，讓春雪在鏡面護目鏡下的嘴角微微一鬆。

這和他身為第六代Chrome Disaster，試圖在自己的內心世界獨自對抗「鎧甲」支配的時候不一樣。現在的他，身旁有著一群值得信賴的同伴。而且儘管現在的位置距離已經南北拉開三公里以上，但他和黑雪公主、楓子、謠與晶等四人，也一樣心靈相通。相信一定是的。

春雪用力握緊雙拳，他的鬥志似乎讓對方有了反應。

MarkⅡ先前還像剛開了電源的機器人一樣，用獨眼四處張望，現在卻忽然停住動作。

它讓巨大的身軀又轉動三十度左右，正對春雪等五人。裝甲各處的鰓狀縫隙噴出黑色的蒸汽，發出低沉的吼聲。

「迪嚕……嚕嚕嚕嚕嚕……………」

從這無機質的動作與氣氛來看，被收在軀幹之中的Wolfram Cerberus多半仍然失去意識。而且說到意識，在災禍之鎧MarkⅡ覺醒的幾分鐘前，春雪認識的CerberusⅠ就被強迫交換人格，操作權被CerberusⅢ奪去。

Ⅲ，也就是Dusk Taker／能美征二的複製人格，儘管以必殺技「魔王徵收令(Demonic Commandia)」從仁子身上搶走了強化外裝五個組件當中的四個，但緊接著就被一道從北方天空落下的紅光打中，發出異樣的慘叫聲後突然陷入沉默……又或者已經就此消滅。

如果CerberusⅠ的意識並未恢復，那就表示現在控制災禍之鎧MarkⅡ的，就是透過那道紅光而注入的能量本身。

就連存在於Chrome Disaster體內的「野獸」，都無法獨自操作虛擬角色，所以灌注在MarkⅡ當中的能量總量以及性質，相信都是非同小可。

但無論擁有的能量多麼強大，也不表示能量可以直接換算成實力。現在它才剛誕生，動作還很生硬，打起來是有勝算的。

「……它是以無敵號為根基，所以應該也屬於遠距離砲戰型。首先就整個貼上去，先妨礙它的動作吧。小百就趁我們吸引它注意的時候，從南邊的大門躲到建築物內。」

春雪很快地說到這裡，四人立刻點了點頭。千百合也不再抱怨。相信她也知道Lime Bell所擁有的能力，在搶回無敵號的過程中將會扮演最重要的角色。

不，連這樣的推敲本身都已經太傲慢了。先前當春雪被Dusk Taker搶走飛行能力時，就是千百合靠著春雪意想不到的機智與努力，為他搶回了翅膀。

春雪先用指尖輕輕碰了碰Lime Bell的右手，表達「都靠妳了」的意思，然後卯足精神力，回瞪鋼鐵巨人的獨眼。

MarkⅡ的頭頂高度超過六公尺，尺寸與巨獸(Beast)級公敵相等，但從外觀上看得到的武裝，就只有裝備在雙手的大口徑雷射砲。由於原本是無敵號的主砲，相信威力不容忽視，但這種巨砲不但發射前需要一秒鐘左右的時間充能，而且應該也不太能連續發射。要在敵人進入攻擊態勢的瞬間，衝到那巨大身軀的正下方，先毀了對方的腳。

地利也掌握在春雪他們這一邊。他們現在位於無限制空間中東京鐵塔遺址西南方約兩公里處的一間學校，而且是在建築物圍起來的中庭部分。

四面八方都被有著白堊神殿外觀的校舍為主，戰場被限制在長五十公尺、寬三十公尺的空間中。對於身軀巨大又屬於遠距離攻擊型的MarkⅡ來說，應該會非常侷促。只要貼緊敵人，妨礙它發射主砲，同時不斷進行攻擊，要找出勝機是有可能的。

要打贏，一定要贏。為了讓大家回到現實世界之後，能夠笑著擊掌慶祝。

MarkⅡ巨大的獨眼鏡頭，從內部的黑暗中閃爍出紅黑色的光芒。

「……來了！」

就在拓武呼喊的同時，春雪壓低姿勢，計算衝前的時機。

巨人慢慢舉起了垂下的雙手，同時那口徑約有十五公分的主砲底座部分開出無數細縫，開始發出生物般的能量充填聲響。

就在這時……

春雪看見MarkⅡ雙手附近產生蜃景般的現象，背景的校舍與滿天晚霞都開始搖曳。

是從細縫排出的熱氣造成的嗎？

不對，是空間本身變得很不穩定。能量集中的密度太高，讓加速世界產生了扭曲。在四神朱雀噴射火焰與梅丹佐第一型態發射瞬殺級雷射即將發射時，也都曾經看過這樣的現象……但現在的時空扭曲規模還要更大。

難道威力還超越在那些攻擊之上？

就在春雪想到這裡的同時，裝備在背上的新翅膀——強化外裝「梅丹佐之翼」發出電擊般的猛烈振動。

「……大家！」

春雪雙手往左右攤開，忘我地大喊：

「抓住我！」

這句話和先前他才剛說出的作戰計畫完全矛盾，但同伴們的反應毫不遲疑。一瞬間，拓武與Pard小姐分別以右手和左手牢牢抓住春雪的軀幹，並以空出來的另一隻手抱起千百合與仁子，接著春雪也用雙手用力抱住同伴們。

MarkⅡ舉起的主砲砲管中填滿的黑暗，發出了紅黑色的光芒。

春雪將背上的翅膀張開成X字形，同時猛力踹向大理石地面。

接著在身體微微浮起的瞬間，解放了所有可以發動的推力。一股強得讓虛擬角色金屬裝甲發出哀嚎的出力，就像火箭似的帶著五人份的質量垂直昇空。

緊接著，MarkⅡ的兩管主砲在哀嚎般的巨大聲響中，發射出了渾濁血紅色的巨大長槍。

兩道能量的洪流，穿刺在他們五人前一瞬間所站的位置。

接著整個世界失去了所有的色彩。

無論是染上永恆晚霞的天空，還是這間多半就是加速研究社大本營的學校，都淪為只有白色背景上用黑色畫出線條的線畫。整片這樣的景象中，就只有發出不祥暗紅色光芒的半球不斷膨脹。半球連發射出主砲的鋼鐵巨人都吞了進去，還滿出了邊長達到五十公尺的中庭，直逼到全力上升的春雪等人腳下。

春雪感受不到高熱或壓力，反而意識到一種令人凍僵的冰冷，以及要把他們拉進能量球當中的強烈重力。就在一種只要推力稍稍放緩就會被吞食進去的確信下，他朝著淪為黑白素描的天空持續飛翔。

「學……學校……！」

喊出這句話的人是拓武。春雪已經無心去看下面，但相信圍繞整個中庭的校舍應該都已經毀滅。

從常理來推想，這是不可能發生的事。令人難以置信的是，春雪等人和Black Vise與Argon Array開打的這整間學校，都被指定為玩家住宅，也就是說有著無法破壞屬性。光是要在隔開教

室與中庭的牆上打出一個小洞，都必須讓春雪與拓武全力進行心念攻擊連續好幾秒，甚至還必須靠千百合支援。

既然能夠粉碎這種建築物，那麼MarkⅡ所發射的就不是普通的能量攻擊，而是虛無屬性的心念攻擊——也就是和ＩＳＳ套件裝備者所發出的黑暗氣彈同種，但威力強達數十倍、甚至數百倍。

「唔喔……喔喔喔！」

春雪喊得聲嘶力竭，拚命持續飛翔。

如果只靠Silver Crow原有的翅膀，抱著四個人全速上升，相信轉眼間就會耗盡必殺技計量表，早已遭到虛無爆炸吞沒。然而自稱是大天使梅丹佐本體的女性型公敵——儘管春雪到今天才知道有著這樣的存在——賜予他的新翅膀出力也極為驚人，帶著他抗拒加速世界的重力與虛無屬性能量的吸力，不斷拉高高度。

高度來到五十公尺、一百公尺……直到超過一百五十公尺，寒氣、爆炸聲與引力才漸漸遠去消失。

「……看來已經沒事啦，Crow。」

仁子低聲這麼說。

「ＴＨＸ（Thanks）。」

Pard小姐也低聲道謝，於是他放慢了上昇速度。為防萬一，他又繼續飛高了二十公尺左右才轉為懸停，戰戰兢兢地望向下方。

「唔……………啊…………」

從春雪喉嚨發出的嗓音，沙啞得讓他不敢相信那是自己的聲音。

總算恢復色彩的空間中，可以看見港區戰區南部的光景。視野左方，也就是東側，有著國道一號線的櫻田大道；右方的西側則是首都高速公路二號線的高架道路。夾在這兩條道路中間，推測應是加速研究社大本營的學校——已經不存在了。

取而代之的，是一個直徑長達一百五十公尺的半球形坑洞。之前從六本木山莊大樓目擊到梅丹佐第一型態發射的雷射，也引發了同樣的破壞，但眼前的規模更大，而且連一道黑煙都並未冒起。地面就像被天神用大湯匙舀掉一匙似的，劃出平緩的曲面削掉一大塊，從四周灌進的空氣發出沉重的聲響翻騰捲動。學校的一樓部分，至少有著一隻被馴服的騎士型公敵，但看來就連這公敵也都瞬間被轟得不留痕跡。

看到坑洞周圍的道路與建築物等地形時，春雪意識到自己的記憶微微受到刺激，但就連這種受到刺激的感覺，也在看到紅銅色巨人毫髮無傷站在灰色坑洞正中央的那一瞬間，消失得無影無蹤。

「把自己都捲進威力那麼大的攻擊裡……竟然一點傷都沒有……」

連仁子也以掩飾不住驚愕的嗓音這麼說。

如果他們執行了一開始的計畫，也就是在巨人即將砲擊之際鑽到它腳下，相信巨人一定會毫不遲疑地往自己正下方發射主砲，那麼如今春雪等人想必已經和學校一起被分解為塵埃。若是六十分鐘後復活時，MarkⅡ還留在校區，甚至有可能又再度受到砲擊而被瞬殺，陷入無限EK（Enemy Kill）狀態。

沒錯，巨人已經是足以稱之為公敵的角色。而且不只是巨獸級（Beast），搞不好足以媲美神獸級（Legend），或甚至足以和神獸級之上的超級公敵「四神」匹敵。

「根本豈有此理……那樣的東西要怎麼打……」

被拓武抱住的千百合，也左右搖動綠色尖帽，說出這樣的話來。

過去她多次在逆境中發揮令人意想不到的機智，讓春雪與拓武大吃一驚，但看來當她遇到這次的情形，也不由得被破壞的規模震懾。春雪也是靠著透過翅膀聯繫的梅丹佐發出警告，才得以在千鈞一髮之際脫險，但他完全想不到接下來該怎麼行動才好。狀況讓他整個腦袋發麻。

然而他們不能一直留在上空。梅丹佐之翼相當節能，即使抱著四個人懸停，必殺技計量表減少的速度仍然很慢，但遲早總會耗盡。他們必須在計量表耗盡之前重新想好作戰計畫，並找地方著地。

這陣充滿戰慄的沉默，是由緊貼著春雪右半身的Pard小姐打破的。

「首先得掌握住主砲的充能間隔才行。」

「……說得也是。」

左側的拓武立刻做出回應。

「看來它的武器就只有雙手的主砲。如果重新充能很花時間，那麼只要在剛發射過後貼上去……」

仁子也強而有力地點頭肯定這個提議。

「而且只要引誘它朝空中發射，也就不會被爆炸捲進去。所以啦……Crow，你要想辦法在空中躲過下一發雷射。」

「小春，加油！」

連千百合都這麼出聲鼓勵，春雪自然不能一直退縮。他深深吸一口氣，回答說：

「知道了。我慢慢靠近，大家要仔細觀察它的情形。」

「包在我身上！」

擁有「視覺增強（Vision Extension）」特殊能力的仁子大聲呼喊回應，然後瞪大了鏡頭眼。春雪下定決心，開始緩緩下降。Pard小姐似乎從先前就一直在默默數著秒數，只聽她以冷靜的聲音讀秒：

「從剛才的主砲發射到現在是四十八秒……四十九，五十……」

春雪等人幾乎完全順著垂直方向下降，就在他們的高度下降到低於一百公尺時……

盤據在坑洞正中央的MarkⅡ讓它巨大的鋼鐵身軀大大後仰，從深紅色的獨眼發出的飢渴視線射穿了他們五人。

「五十七，五十八，五十九……」

——六十。

就在數到這個數字的同時，巨人舉起雙手，以致命的二連裝大砲瞄準了春雪等人。

＊＊＊

「嗚……！」

一陣令人全身凍僵似的冰冷痛楚，讓黑雪公主發出呻吟。

儘管她驚險地以右手劍阻止迎面撲來的ＩＳＳ套件終端機接觸到虛擬身體，但終端機伸出多達十根以上的觸手，都已經穿進裝甲的裂痕，逐漸鑽進內部。看樣子其中幾根甚至已經鑽進了虛擬的人體部分。

如果她那為她贏來「絕對切斷（World End）」外號的劍刃處於萬全的狀態，區區的終端機早在劍刃接觸到的瞬間就會被一刀兩斷，但與本體的激戰讓她的劍刃嚴重毀損，連原有銳利度的一半都發揮不出來。而且小型的眼球有著橡皮似的彈性，不管怎麼用劍刃壓過去，都只會壓得變形，找不到施力點切割。

「Lotus！」

楓子又喊了一聲，從輪椅上伸出左手，想拉開套件終端機。離了一段距離的晶也發出水聲急忙趕來。

但黑雪公主對她們兩人尖銳地呼喊。

「慢著！」

「咦……？」

楓子與晶停下動作，臉上有著擔心她該不會已經受到精神汙染的表情，所以黑雪公主立刻否定。

「不對，我沒事。只是……我透過這玩意，聽見了一種聲音……不，是看得到情形……」

黑雪公主以沙啞的嗓音這麼宣告後，閉起了護目鏡下的鏡頭眼。

聲音。迪嚕，迪嚕，迪嚕。一種難以形容，像是生物呼吸聲，又像機械驅動聲的重低音，從很遠很遠的地方傳了過來。

而且……還看得到景象。腦海中慢慢浮現出一處四面都被有著許多窗戶的白色牆壁圍住，令人想到學校的方形空間。一瞬間，她產生了一種像是懷念的不可思議感覺。

她本以為是梅鄉國中的中庭，但由於前後左右全都是牆壁，所以看來應該不是。記得自己從未看過，也並未去過這樣的地方……就在她想到這裡的那一剎那——

「……………！」

黑雪公主太過震驚，不由得閉著眼睛用力咬緊了牙關。

她看過這裡。

四面都被校舍牆壁圍住的中庭，正中央設有祭壇狀的噴水池。儘管在加速世界的黃昏屬性下變了樣，但這種規模感與空氣感，都讓她無從錯認。

……這裡是……那間學校的……

黑雪公主驚愕之餘，從大約位於二樓窗戶高度的觀點俯瞰腳下情形時，又再度受到震撼。

五個小小的人影排成一排，抬頭仰望過來。其中一人是個子格外嬌小的深紅色對戰虛擬角色，而站在這個人身旁的虛擬角色背上，則有著在夕陽照耀下閃閃發光的白銀翅膀——

「——Lotus！」

再度聽到緊繃的驚呼聲，讓黑雪公主驚覺地瞪大雙眼。

就在幻影光景消失的同時，她的目光對上了不知不覺間已經接近到只剩十公分距離的ＩＳＳ套件眼球。本以為已經砍進眼球當中的右手劍，原來只不過鉤住了三根觸手。她趕緊想推開眼球，但觸手不斷伸出，漆黑的眼球正不斷慢慢逼近。

楓子與晶伸出手，各自用力拉住幾根觸手。然而套件終端機展現出了彷彿自己就是最後一個個體似的生存本能，一寸寸逼近黑雪公主的臉。睜開到最大的深紅色眼睛，就在短短幾公分外發出飢渴的光芒。

而在這充滿了空洞黑暗的瞳孔深處——

黑雪公主看見了。看見兩把手槍交叉成X字形的光芒。交叉雙槍（Crossed Guns）——紅之王「槍匠（Master Gunsmith）」Red Rider的徽章。

就在眼球即將碰到Black Lotus護目鏡的那一瞬間。

瞳孔深處的兩把手槍發出堅決地鏘一聲金屬聲響，改變了角度。兩把槍的槍聲水平重疊，從X變成了－（負號）。緊接著，套件終端機的深紅色虹膜也失去光芒，轉為灰色。

緊繃的十幾根觸手無力地垂下，全都從Black Lotus的裝甲上脫落。楓子與晶一放開手，眼球就落到地上，滾動一公尺左右之後再也不動了。

「……剛剛好危險呢。」

晶也點頭同意楓子的話，同時以略帶責備的語氣說：

「我還真有點擔心說。妳到底看到了什麼？」

「啊，啊啊……該怎麼說明呢……」

黑雪公主一邊喃喃回答，一邊呼出悶在胸中的一口長氣。她抬起頭來，先用右腳踩碎地上的小型眼球，然後朝座鎮在稍遠處的ＩＳＳ套件本體看了一眼。

地上的熔岩似乎總算冷卻下來，但並未變回原來的大理石，而是凝固成灰色水泥狀的固體。套件本體的下半部埋在這些岩石中，焦黑的表面竄出了無數道細小的裂痕，不停有細小的碎片崩落。

先前有終端機套件撲出的瞳孔洞口也開著沒關，往洞裡看去，可以看到週期性脈動的青色藍光。那是被吞進套件本體內的中城大樓傳送門所發出的光芒。

「……剛才試圖寄生到我身上的套件終端機，似乎在和『某個東西』連線。但與那個東西連線的不是定在那裡的本體……那個東西是在離中城大樓很遠的地方……而春雪他們也待在同一個地方……」

「咦……？」

楓子發出驚呼聲，用力握住輪椅的車輪。

「也就是說，鴉同學他們已經和妳說的這某種東西打起來了……？那我們得趕快去救他們才行！」

「在這之前，我們得完全破壞ＩＳＳ套件本體，派個人從裡面的傳送門回到現實世界，拔掉紅之王的傳輸線才行說。」

聽晶指出這點，黑雪公主略一思索，搖了搖頭。

「不……似乎沒有這個必要。先前我在春雪旁邊，還看到了仁子的身影。他們已經順利從

Black Vise手中救回了她。」

「這樣啊……太好了，鴉同學真有一套。」

楓子露出鬆了一口氣似的微笑，黑雪公主也點頭回應，但仍有些情形讓她放心不下。

Silver Crow等五人，正在和這與ＩＳＳ套件終端機連線的「某種東西」，多半就是從套件本體傳輸過去的龐大負面心念能量所創造出來的東西對峙。在這種狀況下，紅之王卻並未展開強化外裝「無敵號」，這是為什麼呢？

無論情形是怎樣，只要趕去就會知道。儘管只是一瞬間窺見情形，但黑雪公主知道那個地點的正確座標。

「我們趕緊去和春雪他們會合吧。可是在這之前……」

黑雪公主高高舉起右手劍，目光直視ＩＳＳ套件本體。

她在心中對理應寄宿在這瀕死巨大眼球當中的老朋友訴說。

——Rider。

——剛才發動交叉雙槍的保險裝置而救了我的，應該就是你吧。只要我們破壞本體，你就會癱瘓所有套件終端機，你的確遵守了這個約定。

黑雪公主並未聽到回答的聲音，但她覺得自己看見了初代紅之王用耍帥的姿勢搖了搖右手的兩根手指，跨上愛馬遠去的背影。

——別了，「ＢＢＫ」……Red Rider。

她將舉起的劍收往後方，大喊：

「『死亡穿刺（Death By Piercing）』！」

儘管劍尖折斷，必殺技仍然順利發動，射出的光之劍輕而易舉地貫穿了ＩＳＳ套件本體。

漆黑眼球一瞬間往內側收縮，化為無數碎片爆炸四散。一道直衝天花板的暗色火柱高高矗立，再慢慢變細、消失。到此為止看起來都像是對戰虛擬角色的死亡特效，但現在還不能斷定。重點在於是否會出現死亡標記。這將揭曉ＩＳＳ套件本體的真相。

然而——

接下來所引發的現象，卻與黑雪公主她們的預測大相逕庭。

一個個飛散的黑色碎片尚未落地，就在空中化為紅色的絲帶而分解，逐一消融在空氣當中。交織成這些絲帶的，是許多微小的二進位數碼絲線。

這是，對戰虛擬角色的——

「……最終消滅現象……？」

楓子好不容易擠出這句話，晶也點頭贊同表示：「……是這樣說。」

儘管死亡標記並未出現，但已經沒有懷疑的餘地。ＩＳＳ套件本體是對戰虛擬角色，不，是超頻連線者，而黑雪公主送上的最後一擊讓這人的超頻點數歸零，永遠從加速世界消失。儘管不知道理由，但這也就表示本體所保有的點數早已瀕臨耗盡。

就在最後一條紅色絲帶消融在空氣中的同時，清澈的藍色光芒滿溢而出，將整個樓層染成了藍色。被封在套件本體內部的傳送門終於現身了。這不斷脈動的藍光就像一種聖靈之光，淨化了充斥在這裡的瘴氣。

這樣一來——

不只是先前試圖寄生在黑雪公主身上的最後一個終端機，寄生在Magenta Scissor與Avocado Avoider等所有現行裝備者身上的ＩＳＳ套件也將受到癱瘓，精神干涉應該也會就此中斷。躺在現實世界保健室內的Ash Roller／日下部綸當然也不例外。

套件本體到底是什麼人，點數又為什麼瀕臨耗盡，這兩個謎並未解開，但黑雪公主決定先將疑問擺在一旁，轉身說道：

「……Raker，我知道妳想立刻趕到『下輩』身邊……」

結果楓子搖搖頭要她別說了。

「我懂的，畢竟我們還有該做的事還沒做。我們趕快去找鴉同學，打倒那個不知道是什麼玩意的敵人，大家一起回去吧。」

回答這堅決言語的人，既不是黑雪公主，也不是晶。

「就是這樣……我還能打呢。」

這個雖然細小卻散發出內斂堅強的說話聲音，是來自被楓子抱在懷裡的謠。黑雪公主短促地深吸一口氣，把目光轉過去，就看到巫女形虛擬角色以再度亮起光芒的鏡頭眼穩穩回望。

「妳不要緊嗎，Maiden？」

「是的。雖然用了太久的心念技，有點被拖了下去……但都多虧蓮姊、倫姊，還有楓姊把我保護得好好的。」

謠微微一笑，慢慢舉起雙手，繞到抱住她的楓子身上。她就像妹妹仰慕姊姊似的，把臉湊在天藍色虛擬角色胸口輕聲說道：

「謝謝妳，楓姊。」

四埜宮謠和許多超頻連線者一樣，在現實世界與加速世界會用不同的方式來稱呼同伴。例如稱黑雪公主是「幸幸」和「蓮姊」、稱有田春雪是「有田學長」和「鴉鴉」。但不知道從什麼時候開始，她在叫楓子時，無論是對對戰虛擬角色還是活生生的血肉之軀，往往都稱呼她為「楓姊」。

楓是楓子的楓，所以多少有著害她現實身分曝光的風險。實際上在加入軍團後，有好一陣子她應該都稱呼楓子為「Raker姊」。謠端莊有禮，遲遲不肯表露自己內心深處的想法——對此黑雪公主也沒有資格說別人——卻會固執於可說違反禮儀的「楓姊」這個稱呼，多半證明了她就是這麼真心想要維繫與楓子之間的關係。

楓子也是一樣，換成是平常的她，應該會大喊「謠謠！」然後卯足臂力抱緊她，現在卻只默默地輕輕撫摸謠的背。謠似乎透過這短暫的肌膚相親恢復了精神力，過了一會兒後，她慢慢撐起上身，又輕聲說了一次「謝謝妳」，就下到地上站好。儘管一瞬間有些踉蹌，但隨即把腰桿挺得筆直，以鎮定的聲調說：

「好了，我們趕快過去吧。鴉鴉他們在等我們。」

「嗯，我們走吧。」

黑雪公主用力點點頭，轉過身去。

由於傳送門近在眼前，只要先回到現實世界再重新加速，就能讓所受的損傷完全痊癒。然而這樣一來，又得以離得很遠的杉並戰區內梅鄉國中學生會室做為起點。現在她們沒有這種時間了。她們必須分秒必爭地與Silver Crow等人會合，卯足剩下的所有力量，和這誕生於加速世界的巨大「某物」戰鬥。

黑雪公主以不穩定的浮游移動前進，同時又朝在樓層南端發出光芒的傳送門附近看了最後一眼。無論是被稱為ＩＳＳ套件本體的對戰虛擬角色，還是被人強行從遙遠的過去叫醒，逼他製作套件終端機的Red Rider，都已經消失得無影無蹤。

她不知道Rider那從真正的初代紅之王身上轉移複製，保管在BRAIN BURST中央伺服器當中的記憶，是否就在今天這一戰之後完全消失。但既然讓Rider以半吊子方式復活的「死靈術師（Necromancer）」

還活得好端端的，就有可能再次發生同樣的事情

但她萬萬不能容許那個人再度做出這樣的事來。

她要和那個人對決。等這次的戰鬥結束，就要和這潛藏在加速世界當中的死靈術師對決。到了那個時候，相信ISS套件本體所留下的謎底也將完全揭曉。

黑雪公主將視線從傳送門上移開，又前進了十幾公尺後，在樓層東南方的牆邊角落停了下來。眼前的大理石牆上，留下了一處小小的焦黑痕跡。那正是從本體發射的紅色光束所通過的位置。

黑雪公主等背後的謠、晶與坐在輪椅上的楓子停下，再高高舉起雙手劍刃。儘管劍刃損傷嚴重，但至少還留下了足以劈開黃昏空間建築物牆壁的鋒銳。

她雙手分別往兩側斜向下劈，緊接著右腳發出一記水平橫斬後，牆上刻出了一個正三角形的痕跡。最後再用劍尖輕輕一推，被切開的大理石塊就往外側掉落，空出了一個大洞。

從中城大樓四十五樓看去，港區戰區南部乍看之下籠罩在和平的寧靜當中。

被首都高速公路三號線高架包夾住的六本木山莊大樓就近在眼前，大樓西側則是麻布區的大使館密集區。然而Silver Crow等人就在這片光景當中的某處，面臨最後一場大戰。

就在黑雪公主準備轉身去問楓子能不能用疾風推進器（Gale Thruster）飛行的這一瞬間——

六本木山莊大樓遙遠的後方，一種只能以「黑色的光」來形容的現象，正無聲無息地不斷

膨脹。

漆黑的半球帶有血紅色的電光，將夕陽照耀下的白堊街景逐一吞沒。過了一會兒，雷鳴般的轟隆巨響傳到中城大樓，讓整棟巨大的大樓劇烈振動。

那是——黑暗氣彈的爆炸，而且規模甚至凌駕在ＩＳＳ套件本體所發射的版本之上。

「……………春雪！」

黑雪公主忘我地發出幾近悲鳴的呼喊。

＊＊＊

春雪拚命把視線焦點從瞄準他的巨大砲口拉回。

如果只顧著看砲口，要在空中閃避實在沒幾分把握。要看整體……要把不斷放射無底飢渴的災禍之鎧MarkⅡ整個巨大的身軀看清楚。即使對手是沒有人心的怪物，只要其中有著敵意，憑現在的自己，應該就能感受到敵意的高漲。

「迪嚕嚕嚕……………」

巨人發出低沉的吼聲，就像是在嘲笑精神緊繃的春雪。高密度的暗紅色能量開始在主砲內翻騰。儘管屬於虛無屬性的攻擊，卻感受不到ＩＳＳ套件裝備者所發出的黑暗氣彈那種無機質的感覺，而是更加血腥，充滿了想把一切都破壞、擊碎、消滅的欲望。

也許可以說，儘管MarkⅡ本身只是個沒有靈魂的鋼鐵機器人，發射出來的黑暗氣彈卻有著某種意志。

那麼這到底會是誰的意志呢？

不會是被收進去的Wolfram Cerberus。相信也不會是寄生在他身上的CerberusⅡ，或本來應該已經消失的Dusk Taker——CerberusⅢ。想來就是那道從天空射下占據鎧甲的紅光本身的意志。

當那道光射下時，加速研究社的Argon Array就驚愕地喊說：「再怎麼說也未免太快了吧？難道說那些傢伙幹掉了那個！」

只有代名詞「那個」兩字，無法斷定指的是什麼事物，但他可以推測。

想來多半就是……藏在中城大樓當中的——

春雪一邊集中意識，一邊以一小部分思路想到這裡時，MarkⅡ就彷彿不想讓他思考下去似的讓敵意膨脹數倍。兩門主砲的前端，產生了漆黑的十字光芒。等到辨識出這個現象的瞬間，春雪已經解放了蓄積在背上翅膀當中的能量。

「唔喔……喔喔！」

他不是往前後左右飛行，而是把雙手抱住的四人份重量當成武器，以大角度俯衝。當然如果只是就這麼俯衝下去，就會被有著加速世界最大規模破壞力的光束打個正著，當場消失得連碎片都不剩。就在劃出紅黑雙色螺旋的巨槍從砲口射出的瞬間，他用力拍動翅膀，讓俯衝的軌道偏向內側。

兩道光束從距離春雪等人只有短短一公尺的身旁通過，在天旋地轉的視野當中，朝著遙遠的傍晚天空落下。儘管並未受到傷害，但被足以撼動空間的能量餘波掃中讓他們失去平衡。

春雪不抗拒這股振動，用力扭轉身體，只進行一瞬間的減速，同時大喊：

「大家，我要放手了！」

「好！」

仁子代表眾人一喊的同時，春雪攤開了抱住Pard小姐與拓武軀幹的雙手。兩人也同時放開千百合與仁子，五個人都進入自由落體狀態。

「喔喔喔！」

最先發出吼叫的是拓武。他把左手放上右手的打樁機（Pile Driver）……

「『雷霆快槍（Lightning Cyan Spike）』！」

具有最強貫穿力的4級必殺技發射出去。鐵樁化為藍白色的電漿，朝著MarkⅡ巨大身軀上唯一沒有金屬裝甲的獨眼鏡頭飛去。

接著仁子更在這場戰鬥中首次拔出了佩掛在左腰的手槍。她兩腳張開，雙手握住造型有幾分可愛的手槍大喊：

「『紅色爆裂彈（Scarlet Exploder）』！」

並在喊出想來多半是心念技的招式名稱同時扣下扳機。光芒鮮明的紅色光彈發出尖銳的呼嘯聲飛去。

接著變形為野獸模式的Pard小姐，在空中收起雙手雙腳，喊出春雪沒聽過的招式名稱：

「『流血砲擊（Bloodshed Canon）』！」

一陣紅光形成裹住Pard小姐的半透明管狀物，尾部發生劇烈的爆炸。Pard小姐整個人就像成了一顆巨大的砲彈往正下方發射出去。

當然春雪也並非默默看著眾人攻擊。就在背上的「梅丹佐之翼」發出像是在催他趕快動手的振動時，春雪一邊讓握緊的雙手在身前交叉，一邊卯足全力大喊：

「『連禱（Ectenia）』——！」

也許並不需要喊出招式名稱，但兩片白色翅膀呼應春雪的意志而高高揚起。春雪舉起交叉的雙手往前揮下的同時，兩片翅膀化為純白的長槍，飛向MarkⅡ的頭部。

四人的攻擊間隔不到一秒鐘。首先拓武的電漿長槍精準地命中暗紅色鏡頭眼的正中央，激盪出炫目的電光。緊接著仁子的心念彈在同一個地方打個正著，在鏡頭眼上打出一道裂痕。

接著將自身化為砲彈的Pard小姐猛力撞上巨人的獨眼，引發遠超過衝撞的大爆炸，讓爆炸之下的鏡頭裂痕呈蜘蛛網狀擴散。

Pard小姐剛在空中翻轉一圈而退出射線軌道，緊接著春雪的兩發「翅膀攻擊（連禱）」就同時命中，發出教會鐘聲般的高聲巨響，鏡頭被無數裂痕覆蓋，變成白濛濛的一片。

「嚕……迪嚕……」

MarkⅡ上身大幅後仰，發出難受的呻吟。但儘管集中了四人份的最大規模攻擊，仍未能打破獨眼鏡頭，巨人也並未倒地，站住了腳步。

「……！」

春雪從咬緊的牙關間短促地深吸一口氣。

同伴們的攻擊固然都各有著強大的威力，但春雪所發出的連禱，威力更曾在加速研究社大本營的地下樓層，只用一擊就破壞了支配騎士型公敵的冠狀物件。如果連狀似MarkⅡ唯一弱點的獨眼鏡頭都有著這樣的強度，相信金屬裝甲部分更幾乎是完全無法破壞。雖然想再補上一波攻擊，但著地之後就算想攻擊眼睛，也找不出角度。

拓武、仁子、Pard小姐等三人都已經進入降落姿勢，唯一可以追擊的只剩下春雪。然而在將伸展開來的翅膀收回背上之前，他都做不出動作。快點！就在他內心這麼呼喊的同時……

「唔喔……啦啊啊啊啊啊——————！」

一道英勇的呼喝聲響徹了整個巨大坑洞。喊出這一聲的，是春雪以為還在後方準備降落的千百合。她拿春雪的右肩當踏腳石跳上前去，高高舉起左手的大型手搖鈴「聖歌搖鈴（Choir Chime）」。

千百合將嬌小的虛擬身體極力往後弓起，蓄足反作用力，一口氣把搖鈴往下揮。

鈴咚——————！一聲厚實的衝擊聲響中，Bell對MarkⅡ的鏡頭正中央賞了一記痛擊——

一瞬間的寂靜過後，巨大的獨眼化為無數紅珠飛散。

「嚕喔喔喔喔——！」

巨人發出痛苦的咆哮，慢慢往後越仰越深，最後發出地動聲倒了下去。

「小百，Nice！」

春雪一邊呼喊，一邊振動總算收回背上的白色翅膀，抓住了往下掉的千百合右手。他進行最低限度的減速，降落到先行著地的三人身旁。

緊接著Pard小姐以尖銳的聲音大喊：

「二十秒！」

這當然是在告知從MarkⅡ朝空中的春雪等人發射主砲之後經過的時間。他們已經確認過充能要花六十秒，所以還有四十秒的時間可用。

問題是在於倒在地上的MarkⅡ，不能動彈的時間是不是真有那麼久。它的獨眼鏡頭被擊碎，肯定受到了重創，但全身散發的那種妖氣般的鬥氣卻絲毫未見衰減。

——一旦真有必要，我就硬把它的動作給定住！

春雪下定決心後，迅速下達指示：

「仁子和阿拓看到這玩意兒要動，就用遠距離攻擊阻止！Pard小姐趕快恢復必殺技計量表！」

藍色的大型虛擬角色與紅色的小型虛擬角色都舉起武器做為回應，維持在野獸模式的豹頭虛擬角色默默衝向坑洞外。春雪深深吸一口氣，朝著第四名同伴只喊了一句話：

「小百……麻煩妳了！」

「包在我身上！」

千百合強而有力地回答完後，踏上一步。

然後將先前當成打擊武器而大為活躍的「聖歌搖鈴」再度舉向空中，往逆時針方向繞起大圈，讓清澈的鐘聲響徹整個巨大坑洞。

一圈、兩圈、三圈……四圈。

「『香櫞(Citron)』……………」

包住整個左手手掌的大型手搖鈴灑出鮮豔的萊姆綠光點。她一邊將搖鈴朝著以仰臥姿勢緩慢動著手腳的MarkⅡ揮下，一邊充滿力道地喊出招式名聲：

「…………『鐘聲(Call)———————』！」

同時一道光的洪流從搖鈴的開口解放出去。這道筆直飛翔的光線命中MarkⅡ的左腳後，立刻籠罩住它的全身。像是多重鐘聲重合而成的音效，從遙遠的傍晚天空灑下。

Lime Bell有著「時鐘魔女（Watch Witch）」的外號，她的必殺技「香櫞鐘聲模式Ⅱ」，有著能夠將目標的永久性狀態改變回溯的驚人能力。現階段她可以回溯的變化是最多四階段，也就是說，她能夠把CerberusⅢ——Dusk Taker從紅之王身上搶回的四件強化外裝全都搶回來。

但擁有驚人效果的招式，總會受到很大的限制。不但會耗掉整條集滿的必殺技計量表，而且從招式命中到實際發動回溯，也很花時間。

而且光線本身沒有導向功能，只要目標移動或躲到掩蔽物後方，效果就會被輕易打斷。之前春雪被真的Dusk Taker搶走飛行能力時，千百合就為了讓Taker願意持續接受香櫞鐘聲的光，才會什麼都不告訴春雪與拓武，假裝加入能美以贏得他的信任。

若是能美的複製體仍然寄生在災禍之鎧MarkⅡ上，相信這次他一定會試圖閃避香櫞鐘聲。但複製體已經消滅，現在控制MarkⅡ的，是那道從空中射下的「紅光」。這種甚至不是超頻連線者的事物，對Lime Bell的力量當然不會具備任何知識。儘管它或許有著會試圖躲避敵人攻擊的本能，但香櫞鐘聲的光線本身並沒有傷害力，只要MarkⅡ認為這只是一種無害的光而持續接受照射——

春雪以超高速進行思考，時間卻遲遲不推進。離回溯效果發動還有七秒……六秒……

忽然間聽到鏗一聲刺耳的金屬聲響，躺在地上的MarkⅡ雙腳併攏得密不透風，合而為一。

接著上半身就像裝了彈簧似的彈起，就這麼倒在雙腿上，發出鏗鏘聲的同時讓裝甲相互結合。左右手也折疊到軀幹兩側，合為一體。

春雪等人也並非呆呆看著這樣的行動。早在敵人開始有動作的時候，拓武與仁子就各以自己的武器瞄準，春雪也握緊雙拳，擺出發射「連禱」的姿勢。

由於MarkⅡ的上半身往前折疊，頭部的獨眼就成了春雪等人眼前絕佳的靶子。鏡頭眼仍然碎裂，直徑六十公分的洞口內部充滿了濃密的黑暗。

他們完全不清楚巨人是有什麼意圖，才會以劇烈的前屈姿勢讓各處裝甲融合。一旦變成沒有手腳的塊體，就會更加動彈不得。香櫞鐘聲不是用來造成損傷的招式，所以再怎麼加強防禦都沒有意義。

但有唯一一件事可以確定，那就是巨人自有它的意圖，那麼現在就不應該只是呆呆看著。

「我要開火了！」

拓武一喊之下，春雪等人一齊朝著唯一弱點所在的頭部大洞開火。拓武的「雷霆快槍」與仁子的手槍連射，再加上春雪的「連禱」眼看就要貫穿漆黑的黑暗之際——

洞口周圍卻有六片裝甲板伸出，就像舊式相機的光圈葉片一樣完全堵住了洞口。三人的攻擊被紅銅色的金屬裝甲輕而易舉地彈了回來，同時MarkⅡ下方噴出大量的塵土。

距離香櫞鐘聲的效果發動，還剩四秒……三秒……

「難道……它是想……！」

仁子大聲呼喊。

「迪嚕嚕嚕嚕！」

一陣引擎聲響似的咆哮響起，在前屈姿勢下把四肢和軀幹融合，化為一個全達長達五公尺棒狀金屬塊體的MarkⅡ，也不知道是靠著什麼樣的推進力，開始猛然朝他們五人衝來。

「小百！」

春雪反射性地伸出雙手，抱住還想繼續發出必殺技的千百合全力起跳。儘管腳尖被MarkⅡ背上伸出的尖銳突起掠過，但仍然驚險地閃躲成功。仁子與拓武也往左右跳開，並未受到傷害。

但香橼鐘聲卻在只剩兩秒的時候失去了目標，迅速衰減消失。要再發射一次，就必須再度把必殺技計量表集滿。

但現在最重要的不是這件事——

春雪一邊在空中懸停，一邊轉向，將跑遠的金屬塊體捕捉到視野之中。

短短十秒鐘前還有著人形的災禍之鎧MarkⅡ已經變成完全不同的型態。有著生物狀曲線的裝甲下半部不知不覺間多出了兩邊各三個由尖銳金屬片覆蓋的旋轉物體，也就是輪胎，猛烈地刨開地面前進。而後方的推進器更噴出黑濁的噴射火焰，為巨大的身軀賦予更多的加速度。

「那個型態是……？」

地上的仁子以充滿怒氣的聲音，回答春雪的低聲驚呼。

「混帳東西……竟然給我變身成『無畏號（Dreadnought）』！」

紅之王Scarlet Rain的強化外裝「無敵號」，特徵是有著具備左右手與四隻腳的厚重人形型態，能以不辱「不動要塞（Immobile Fortress）」威名的強大火力壓倒敵人，但相對的機動力很低。

仁子為了克服這個弱點，千辛萬苦開發出來的，就是從人形變成貨櫃車形狀的變形，也就是「無畏號」模式。之前她就讓春雪等人站在車上衝向四神青龍的巢穴，還把眾人從梅鄉國中載到東京鐵塔遺址，表現極為活躍，但他們作夢也沒想到MarkⅡ也同樣具備了這種變身能力。儘管全長只有五公尺左右，大約是原版無畏號的一半，但相對的速度應該也變得更快了。

「……就只差兩秒鐘了……」

千百合在懷裡說得十分懊惱。春雪本要點頭，卻停下動作，重重搖頭說：

「不對，要是剛才繼續發招，就會被撞個正著了。小百，妳是我們最後的王牌，只要妳還活著，要幾次機會我們都會幫妳製造。」

「……知道了。我也去打壞建築物，累積計量表。」

「拜託妳了！」

這次春雪深深點頭，落到地上，一邊把千百合交給拓武一邊說：

「阿拓，麻煩你護衛小百到她集滿計量表！坑洞南邊不遠的地方就有一些大樓應該很好打壞！這傢伙就由我和仁子來絆住！」

「了解！小春、紅之王，不要勉強喔！」

「我們一分鐘就回來！」

拓武和千百合跑遠的同時，衝往坑洞北側的MarkⅡ讓六個輪胎揚起塵土，來了個甩尾迴旋。當它正面對向春雪等人而停止之後，就微微睜開由六片葉片保護的眼睛。看樣子即使是由非人的事物所控制的強化外裝結晶，還是必須觀看外界。

MarkⅡ與春雪、仁子，就在這不到五十公尺的距離下對峙了好一會兒。

忽然間站在右側的仁子小聲說：

「……Crow，有句話我趁現在先講。謝謝你來救我。」

春雪先倒抽一口氣，才壓低聲音回答：

「這一定要的啊，畢竟妳就是為了幫我們才一起來的。」

「可是，會被那個薄板混帳困住，完全是我自己大意。被搶走整整四件強化外裝，也是因為我沒能靠自己掙脫。所以，引發現在這種狀況的責任，全都在我身上。」

「…………」

春雪一瞬間朝身旁看了一眼，不知道她是想說什麼。嬌小的紅色系虛擬角色鏡頭眼始終對向遠方的MarkⅡ，發出堅毅的聲音說：

「——所以，我來跟它做個了斷。你帶Pile和Bell回中城大樓去。不要擔心，等我解決它，搶回強化外裝以後，我跟Pard也會馬上……」

春雪不打算讓她說完。他動起右手，用力握住仁子的左手手腕。

「仁子，要回去就一起回去。我答應過妳的。」

——答應過要保護妳。

這句話雖未出口，但春雪相信已經透過碰在一起的虛擬角色裝甲傳了過去。

仁子並未立刻回答，但她改舉起左手做為回應，牢牢回握了春雪的手。

「………謝。」

仁子以連春雪都幾乎聽不見的小聲說了一句話，接著立刻大聲呼喊：

「你這乳臭未乾的小子還是一樣不聽話啊！真沒辦法，我們就一起轟掉那玩意兒！」

「了解！」

裝甲貨櫃車彷彿受到兩人迸發出的鬥志刺激，各處的成排鰓狀細縫噴出渾濁的黑色瘴氣。眼睛的葉片張得更開，有紅光在內部的黑暗中閃爍。

Wolfram Cerberus就被困在那黑暗的深處。

之前在與春雪對戰過程中出現的左肩CerberusⅡ說過，說他是為了某個目的而被調製出來的存在。還說這目的，就是要裝備被你封印的「那玩意兒」。

所謂的那玩意兒，當然就是指原版的災禍之鎧，也就是強化外裝「The Disaster」。但鎧甲已經在Ardor Maiden的淨化能力之下，分離為原本的模樣，在一個誰也碰不到的地方永遠沉眠。

而加速研究社多半就是透過出席七王會議的Argon Array得知這個事實，才發動了備案計畫。運用CerberusⅢ也就是Dusk Taker的掠奪能力，用ＩＳＳ套件與紅之王的強化外裝，創造出全新的「災禍之鎧」。

他們不知道加速研究社為何如此執著於災禍之鎧。也許他們只是單純想在加速世界中散播破壞與混亂，也或許就連這些都只是更大圖謀當中的一環。

但現在他不需要苦思這些問題。只要用千百合的香櫞鐘聲回溯MarkⅡ，還原成原來的「無敵號」，就能毀了研究社的圖謀。失去利用價值的Cerberus，應該也能從他並不冀望的命運中得到解脫。

——Cerberus，你等著，我馬上就會讓你變成和我一樣的平凡超頻連線者。

——到時候，我們再來對戰。再打得有輸有贏，時而高興，時而懊惱。不管要來幾次我都奉陪。

春雪在心中強烈地呼喊，而對方則像是要嘲笑他這番話似的——

裝甲貨櫃車動了裝備在車體兩側的主砲。

六十秒的充能時間早就過去，那可怕的虛無屬性雷射隨時都有可能發射出來。他們必須再度迴避那種攻擊，逼近貨櫃車才行。

如今應以MarkⅠ來稱呼的災禍之鎧Chrome Disaster，擁有許許多多的能力。主武裝的大劍自不用說，從雙手發射的「鉤索（Wire Hook）」、噴吐火焰的攻擊「噴火（Flame Breath）」、短距離瞬間移動「閃身飛逝（Flash Blink）」，以及能把吞食掉的虛擬角色體力化為己有的「吸收能量（Energy Drain）」。

但這些招式是歷代裝備者留在鎧甲上的。才剛呱呱落地的MarkⅡ，應該就只擁有來自Cerberus的裝甲強度，以及兩門無敵號的主砲。只要貼到車身上，之後總會有辦法應付。

春雪握住仁子的左手不放，低聲說道：

「我要在即將發射的時候起飛。」

「交給你決定。」

若是在地面上閃避雷射，就會被捲進足以製造出他們腳下坑洞規模的爆炸當中。他們必須像第二次閃避時那樣，引誘對方朝空中發射再進行閃避。

貨櫃車的眼睛睜得更大了。就在其中所充滿的紅色惡意發出更強光芒的瞬間，春雪本能地蹬地而起。

春雪拉近仁子的身體，用力振動四片翅膀。兩門主砲也拉高角度，追向迅速攀升的兩人。

嗡一聲沉重的振動聲響中，紅黑色的光槍發射出去。春雪把身體往左一倒，扭轉身體閃避。哪怕這一砲蘊含的威力再怎麼無與倫比，既然是沒有導向能力的直線軌道形遠距離攻擊，現在的春雪就不會輕易被擊落……

「Crow，還沒完呢！」

仁子突然大喊一聲，接著又有一陣振動聲響起，彷彿是要蓋過她的喊聲。

原來MarkⅡ刻意錯開了兩門主砲發射的時間。

「嗚…………！」

春雪咬緊牙關，強行從左滾轉機動切換為右滾轉。他忍受著幾乎把身體撕得四分五裂的壓力拚命旋轉。從地上延伸上來的虛無長槍掠過他左下翅膀的前端，激盪出黑色的電光。春雪勉力想飛開，但雷射本身似乎發出了某種引力，強行將他的身體拉過去……

「喔……喔喔！」

梅丹佐之翼呼應春雪的呼喊，強而有力地拍動。因而發生的瞬間推力擺脫了雷射的引力，讓春雪與仁子開始以墜落般的態勢往右下方急速下降。

上下顛倒的視野正中央，牢牢捕捉住了裝甲貨櫃車龐大的車身。它似乎想避開春雪與仁子的衝刺，讓無數輪胎劇烈逆向轉動的同時，也開始閉上眼睛的葉片。

「想得美！」

仁子伸出右手手槍掃射。葉片四周接連開出中彈的火花，延遲了關閉的速度。接著春雪也將光的想像匯集在左手，撕扯著喉嚨大喊：

「——『雷射（Laser）……長槍（Lance）』！」

加上俯衝速度往下伸出的左手，迸出銀色的光輝，在葉片即將完全關上之際，正中MarkⅡ的眼睛。

強烈的反作用力撲向左手，震得他手腕與手肘關節冒出火花。剩下五成的體力計量表略有減損，但保護敵人眼睛的葉片也受了損傷，留下直徑五公分左右的空隙後就不再關上。

「仁子，瞄準那裡！」

當春雪一邊張開四片翅膀減速，一邊喊出這句話，仁子已經將握住紅色手槍的右手伸得筆直，扣下了扳機。

咻咻幾聲發射聲響響起，六發光彈射進了洞內的黑暗。

裝甲貨櫃車龐大的車身劇烈振動，發出顯得很難受的怪聲。

「迪嚕……嚕嚕嘟嚕嚕……！」

——繼續乘勝追擊！

春雪以幾乎撞在貨櫃車正前方的勢頭貼到車上，左手牢牢抓住腮狀的成排細長縫隙。一剛看到仁子也同樣撐住身體，立刻放開右手高高舉起。

「『雷射（Laser）』……」

匯集到極限的想像，讓右手發出強烈的光芒。只要用這招打穿眼睛，相信無論MarkⅡ再怎麼頑強，也會暫時停下動作。那虛無屬性雷射的威力，以及變身成「無畏號」的能力，的確都令人戰慄，但這次一定要讓這一切結束。一定要在此時此地，永遠斬斷加速研究社的野心。

春雪懷著這樣的決心，就要以光之劍往下刺。

但春雪並未注意到。他忽略了MarkⅡ在第三次射擊時，讓兩門主砲錯開時間發射的事實，不折不扣地意味著它擁有學習能力……也就是它的戰法在進步。

就在春雪即將喊出招式名稱中的劍(Sword)字之際，車身兩側各有一叢黑影以快得只留下模糊影子的速度撲來，一把抓住了春雪與仁子的身體。

「這……！」

「糟了……！」

當他們同時發出驚呼，兩人都已經被一股不容抗拒的力道，從貨櫃車前方扯了開來。抓住他們兩人的，是MarkⅡ那本來已經融合在車身側面的雙手。三根巨大的鉤爪以劇烈的壓力絞緊虛擬角色，壓得裝甲發出哀嚎。體力計量表繼續減少，染成了濃厚的黃色。

「仁……仁子……！」

春雪在令他眼冒金星的劇痛中，拚命伸出失去心念光芒的右手。

但他終究碰不到被貨櫃車左側伸出來的手抓住的仁子。視線所向之處，看見她一身已經受到許多損傷的深紅色裝甲被擠壓破碎，細小的碎片就像鮮血似的發出光芒落下。

即使是9級的「王」，Scarlet Rain處於純粹的遠距離攻擊型，裝甲強度應該比金屬色的Silver Crow還低。但仁子叫都沒叫一聲，堅強地說：

「嘖，這下可搞砸了……我忘了這傢伙跟我的無畏號不一樣，還長了手。」

「妳等著，我馬上……救妳！」

在貨櫃車的上方被抓到，或許算是不幸中的大幸。因為春雪不像仁子兩隻手連著身體都被巨大的拳頭握住，只有腹部以下被抓到，雙手和翅膀都可以自由活動。

他強忍痛苦將右手往下一揮，喚回了心念的光芒。他相信射程有十公尺以上的雷射長槍（Laser Lance）應該射得到，正準備出招時，仁子卻搶先以尖銳的聲音大喊：

「不用管我！射它眼睛！」

「可……可是！」

「我才不會這麼簡單就被幹掉！Crow，快點動手！」

紅之王聲調中的焦慮更多於痛楚。因為仁子也感受到了，感受到MarkⅡ的戰法正以駭人的速度進化。

「……知道了！」

春雪只好將視線從仁子身上移往裝甲貨櫃車。雖說葉片有所損傷，但通往唯一弱點——獨眼——的孔洞直徑還不到五公分，梅丹佐之翼的「連禱」有可能鑽不過去。唯一的方法就是使

用雷射長槍（Laser Lance），但自己有辦法忍受幾乎壓扁下半身的壓力，精準地射穿這個小洞嗎？

不，這不是做不做得到的問題，他就是非做不可。

春雪將宿在右手上的心念長槍槍尖，對準MarkⅡ的獨眼。銀色的過剩光（Overray）很不穩定，不規則地振動。因為連續多場對抗強敵，已經嚴重耗損了他的想像。

——給我更多，更多的光……！

春雪為了擠出剩下的所有能量而在心中呼喊，造成了短短零點一秒的停滯，但MarkⅡ並未錯過這個良機。

MarkⅡ停止捏扁仁子與春雪的動作，突然雙手往外一攤，然後將仍然抓住兩人的拳頭，從左右兩邊猛力互撞。

「咕啊……！」

一陣幾乎把靈魂震出虛擬角色的衝擊，讓春雪大聲呻吟。視力與聽力都失去作用，昏暗的世界裡只聽到一陣尖銳的高音迴盪。視野左上方的體力計量表一口氣減少了兩成以上，進入紅色危險區。

「迪嚕嚕…………」

有手的貨櫃車發出低沉的嘲笑。兩個拳頭又往左右攤開，再度猛力碰撞。鏗一聲大砲般的巨響中，計量表又被打掉兩成。只剩下一成，也就是說再挨到一次同樣的攻擊就會死。

春雪在早已超出疼痛範圍，全身幾乎都要散了似的極限痛苦當中，拚命擠出聲音說：

「仁……仁子……！」

結果有個同樣無力的聲音從一小段距離外做出了回應。

「我……我還活著……」

接著又以多了幾分力道的聲音說：

「Crow，我等一下會製造出一瞬間的空檔，你要抓緊機會逃脫。」

「咦……可是，妳說的空檔，要怎樣……」

春雪拚命睜大眼睛，用微微恢復的視力捕捉到了紅之王嬌小的身影。

她被土木機械似的三根巨大爪子牢牢抓住肩膀到腰的部分，根本不可能發射右手的手槍。不但如此，連露出的部分也可以看到裝甲劇烈損傷，不停有血紅色的傷害特效灑落。相信在巨人的拳頭裡，損傷已經深入到虛擬的肉體當中。

被傷害到極限的嬌小身軀慢慢遠離。因為MarkⅡ又開始攤開雙手。下次它的雙拳再互擊，仁子與春雪都會死。

忽然間，抓住仁子的鉤爪縫隙間，迸出了比灑落在地上的夕陽還要鮮豔好幾倍的深紅色光輝。那是過剩光（Overray）……是發動心念系統的明證。

但仁子不靠強化外裝就能動用的攻擊型心念，就只有從拳頭發出火焰彈的「輻射拳（Radiant Beat）」，以及同一招的連打版「輻射連拳（Radiant Burst）」。如果從被MarkⅡ抓在手裡的狀態發動招式，火焰就不會只攻擊到敵人，還會傷到仁子自己。

也就是說，這就是仁子的意圖，不，應該說是她的覺悟。她不惜犧牲自己，製造空檔讓春雪脫身。

——不行，絕對不可以這樣。

——我，要保護，仁子。

「我答應過……妳啊！」

春雪放聲嘶吼，同時忘我地張開四片翅膀。

MarkⅡ的鉤爪就像鉗子似的咬進虛擬角色的腰部與雙腳。就算他飛起來，也擺脫不了束縛。

但現在春雪能做的也就只有這樣。

兩次劇烈撞擊讓春雪意識陷入半渾濁狀態，實在產生不出足以發動心念的想像。但既然是要飛……既然是要拍動已經成了對戰虛擬角色Silver Crow存在證明的翅膀，朝天空前進……

「仁子！……相信我！」

春雪又一次聲嘶力竭地大喊，把剩下的所有意志力灌注在純白與白銀的翅膀上。

「迪嚕喔喔！」

MarkⅡ發出憤怒的吼聲，又要將握住春雪的右拳與握住仁子的左拳猛力對撞。

下一瞬間……

一顆發出深紅色光芒的流星，從兩個拳頭之間穿了過去。

這團紅光劇烈地撞在裝甲貨櫃車前方，引發了劇烈的爆炸。被包覆在拳頭中反而成了不幸中的大幸，讓春雪與仁子都只受到些微的損傷。反倒是MarkⅡ並未完全閉鎖的獨眼被打個正著，車身在一陣痛苦的咆哮聲中往後倒。

——遠距離砲擊？到底是誰……？

春雪瞪大雙眼，在開始淡去的爆炸火焰中看到了一個身影。看見了身體往後弓起而摔向地面的深紅獵豹。

這不是砲擊，是日珥三獸士（Prominence Triplex）之一的「血腥小貓（Bloody Kitty）」Blood Leopard將自己身體化為砲彈衝鋒的必殺技「流血砲擊（Bloodshed Canon）」。她為了恢復必殺技計量表而去到坑洞外，現在又為了救出仁子與春雪而毅然做出奮不顧身的攻擊。

MarkⅡ的前方裝甲有著與Wolfram Cerberus的鎢裝甲同等的強度，Leopard在這樣的地方撞個正著，全身散出無數碎片，重重摔在地上。

她這種模樣，又在春雪心中喚起了另一團火焰。

我不能白白浪費Pard小姐為我製造的最後一個機會。我要飛。要是這時候不飛——

要這翅膀有什麼用？

「喔……喔喔喔喔喔喔喔喔——————！」

春雪大吼一聲，多達十重、二十重的耀眼銀光從他背上解放出來。梅丹佐之翼與他本來的翅膀奏出的共鳴高聲迴盪，撼動了黃昏空間。

抓住春雪的巨大手臂發出火花，伸得筆直。被Pard小姐的砲擊轟得車頭浮起幾十公分的裝甲貨櫃車維持這個角度定在空中。

春雪忍受著幾乎撕裂全身的張力，持續全力振動翅膀。肩膀、胸口與腹部的裝甲接縫噴出大量的火花，剩下不到一成的體力計量表也一個像素一個像素地不斷減少。

好重。

雖然早就知道，但災禍之鎧MarkⅡ的質量已經遠遠超出超頻連線者的範疇。比起原來的無敵號，應該還少了一個組件，卻像是焊接在地上似的一動也不動。

受到兩次重大損傷而集到的必殺技計量表以驚人的速度消耗。一旦計量表歸零，這最後一個機會也會毀掉。春雪與仁子將會瞬間被殺，倒在地上的Pard小姐多半也會被補上最後一擊。

春雪雙手筆直伸向天空，在幾乎燒成一片全白的意識中，為了將自己的存在本身化為最後的燃料而大喊：

「光速（Light）……翼（Speed）————！」

就連集中想像來覆寫現象的心念系統運作原理，都從腦中消失得無影無蹤。如果春雪試圖發動的是攻擊招式，相信系統並不會辨識出他所喊的招式名稱。

但春雪的第二階段心念技「光速翼（Light Speed）」很不穩定，發動成敗大受精神狀態的影響。而這種不穩定，在極限狀況下呼應了春雪的意志。

從翅膀發出的光就像超新星爆炸似的達到數十倍的亮度。春雪用銀色的過剩光（Overray）將世界染成一片全白之餘，意識到天空已經拉近了幾十公分。

有著凶惡尖刺的裝甲貨櫃車輪胎，一一從地面被扯了上來。全長達到五公尺的巨大身軀被抬起的角度一點一點地不斷增加。

「唔……喔喔……喔喔喔喔喔——！」

春雪一邊卯足即將燃燒殆盡的意志力呼喊，一邊在內心深處呼喚。

——梅丹佐。

——再一次……最後再借我一次力量。

他聽不見回答的聲音。

但春雪不必看也感受得到。感受到上背部伸出的純白雙翼——強化外裝「梅丹佐之翼」又多體現出了一對翅膀。

和原本的金屬翼片合計達到六片的翅膀，發出了天使歌聲般的多重和音。

春雪在連兩條計量表都幾乎被淹沒掉的爆炸性強光正中央飛了起來。

天空越來越近，大地越來越遠。然而巨大的鉤爪仍然持續抓住春雪的下半身。是春雪拖著災禍之鎧MarkⅡ龐大的身軀往上攀升。

……還不夠……還要，更高…………！

MarkⅡ應該沒有飛行能力。也就是說，只要把它拉上超高空，即使春雪在空中死了，墜落傷害仍能對鎧甲造成重大損傷。雖然會無法親手保護仁子到最後，但相信留在地上的Pard小姐一定會救出她。

所以，要飛到更高的天空。

就在春雪準備最後一次奮力拍動六片翅膀的那一剎那——

像鉗子一樣困住他的拘束突然消失了。

是MarkⅡ主動放開了手。阻力突然消失，讓春雪差點急速上升，但他全力張開翅膀，好不容易做出減速，轉身面向下方。

高度大約在五百公尺左右。在滿天晚霞的黃昏空間背景下，巨大的裝甲貨櫃車轉眼間就失去慣性上昇的作用力而開始下降。它似乎也同時放開了仁子，可以看見深紅色的虛擬角色在一小段距離外飄浮。

春雪拚命留住被卯足所有精神力飛行的反作用力震得幾乎中斷的意識，往水平移動幾公尺，抓住了仁子的右手。她似乎半昏半醒，但牽起的手仍然無力地回握。

「……仁子。」

春雪輕聲呼喊她的名字，同時輕輕抱住了這個被傷得極為徹底，光是體力計量表還有剩下就已經很不可思議的嬌小虛擬角色。

我再也不會放開妳，直到我們從無限制空間回到現實世界為止。

春雪一邊加深這個決心，一邊看著裝甲貨櫃車下降。

一旦從這種高度墜落，即使不會就這麼全毀，應該也會陷入無法行動的狀況。Lime Bell會抓住這個空檔，以香櫞鐘聲把鎧甲變回原來的強化外裝。這樣一來，一切就會結束……

「嘟嚕……嚕嚕囉喔喔喔喔喔喔——————！」

突然有道類似雷鳴的咆哮響徹了整個天空。

貨櫃車發出啪喀一聲異樣的聲響，往上下剝開。

金屬裝甲劇烈蠕動變形。上半變成軀幹，下半變成兩隻腳。短短幾秒鐘內就變回人形的災禍之鎧MarkⅡ，將遮住頭部獨眼的葉片完全張開。

直徑五十公分的孔洞裡，強烈地閃出紅黑色光芒。揉合了憎恨、憤怒，以及其他各式各樣負面情緒的濃密鬥氣籠罩住MarkⅡ全身。

雙手以猛烈的力道往前伸出。

兩門砲口以漆黑的粒子劃出雙重十字。

…………糟糕……已經，充能完了。

就在春雪愕然想到這裡時，兩道虛無屬性的雷射在轟隆巨響中發射出來。

必殺技計量表，零。心念能量，零。

發出血紅色與黑暗色光芒的巨槍合而為一，瞄準了光是在空中懸停就已經使盡力氣的春雪，以猛烈的速度逼近。春雪無能為力，只能凝視這道蘊含的威力足以消滅萬物的急流……

不對，不要灰心。我要飛。哪怕能量就要耗盡，只要翅膀還會動，我就要儘可能飛到更前面，飛得更高，更快。

快，還要更快，更快更快更快更快——！

剎那間。

啪————！一聲清澈雷鳴般的聲響，迴盪在春雪的整個意識當中。

這是……

「加速音效」。

3

空無一物。

沒有光，沒有聲音，連身體的知覺都消失的無限黑暗裡，只剩意識繼續飄盪。

我死了嗎？我躲不過災禍之鎧MarkⅡ的主砲，和仁子一起被蒸發了嗎？

不對，就算真的死了，既然是在無限制空間裡，也只會轉移到六十分鐘的等待復活狀態。儘管景色會失去色彩，但應該還是可以清楚看見周圍的光景。

然而無論如何用雙眼凝神觀看——雖然前提是眼睛真的已經睜開——仍然只看得見無邊無際的黑暗。自己的虛擬角色當然不用說，就連顯示在視野左上方的體力計量表與必殺技計量表都消失無蹤。

「……仁子。」

輕聲呼喊她的名字卻聽不見回應。就算想伸手去四周摸索，也不知道自己的手是否存在。

「阿拓，小百……Pard小姐……」

忍耐著不斷膨脹的無助感，呼喊同伴們的名字。

「學姊……師父……小梅……可倫姊…………」

但世界仍然籠罩在冰冷的寂靜當中。不，就連溫度與空氣的流動都感受不到。充滿這個地方的，就只有「無」。

是BRAIN BURST程式發生異狀，讓他的靈魂掉進了這像是世界夾縫的地方嗎？自己會不會就這麼哪兒也去不了，誰也見不到，只能在無限的黑暗中度過無限的孤獨……？

「……來人啊……誰來回答我啊。」

擔心連自己這認知到虛無空間的意念都會就這麼消失的恐懼困住了春雪，讓他拚命放聲呼喊：

「小百……仁子……綸同學……黑雪公主學姊…………」

但他的呼喊只徒勞無功地被黑暗吸收，得不到絲毫迴響就憑空消失。他以不存在的雙手緊緊抱住不存在的身體，以有氣無力的聲音喊了聲：

「…………梅丹佐…………」

忽然間……

一個極小的光點無聲無息地出現在眼前。

就只是一個看似沒什麼重量，尺寸也沒多大的基本粒子，卻實實在在存在於眼前。春雪將所有意識都集中在這個發出淡淡白光的像素點上，戰戰兢兢地輕聲細語呼喚：

「……梅丹佐……？是妳嗎……？」

這一呼喚之下，像素點就輕飄飄地膨脹開來，變成一個小小的環。仔細一看，這個白色光環似乎在頻頻微微振動。春雪想到可能還有別的東西會出現，正想移開視線，光環的振動立刻加快而變得模糊。春雪趕緊重新凝視，光環又穩定下來。看樣子如果不集中意識，他和這個光環之間的意識調諧就會分開。

——我求求妳，梅丹佐。如果是妳，就回答我的聲音。

春雪一邊將自己的整個存在和這個直徑不到一公釐（雖說終究只是感覺上的尺寸）的圓圈同調，一邊朝光環呼喊。

光環慢慢變大——也說不定是春雪在逐漸縮小。不久光環停止擴大，底下出現一團發出淡淡光芒的霧靄。看到這叢時而成形，時而擴散得朦朧縹緲的粒子集合體，春雪戰戰兢兢地伸出無形的手——碰了上去。

粒子咻的一聲凝聚，形成人的形體，是個半透明的女性身影。她閉上眼睛的高貴面相，春雪以前也曾見過一次。毫無疑問就是在中城大樓那場激戰過後現身的神獸級（Legend）公敵「大天使梅丹佐」本體。上次見到她時，她那從薄紗禮服背後伸出來的翅膀有四片，現在卻只有兩片，多半是因為她把另外一半的翅膀借給了春雪。

「……梅丹……佐……？」

她彷彿在回應春雪的輕聲呼喊，一張美得超凡入聖的臉孔上的雙眼慢慢睜開。

就在發出金色光芒的雙瞳射穿春雪意識的瞬間，女性——梅丹佐本體頭上的光環，擴散出耀眼的光圈，穿過春雪的意識。緊接著就好像這陣光在虛無中賦予了他實體似的，Silver Crow的身體應聲出現。這個身體和梅丹佐一樣是由光的粒子構成，有一半以上透明，但至少有身體的感覺，兩隻手也能握緊。

「…………」

春雪用恢復存在感的虛擬身體鬆了一口氣，同時舉起虛擬角色的雙手，想再去碰梅丹佐。

然而……

「——無禮之徒！」

尖銳的喝叱聲響徹虛空，春雪的手像觸電似的彈了開去。再次放下眼瞼的女性型公敵微微增加纖細眉毛揚起的角度，以嚴肅的嗓音繼續說：

「不准隨便碰我。你忘了你是我的僕人嗎？」

「咦……僕人…………」

春雪歪頭思索後才總算想起。想想還真的沒錯，記得先前在加速研究社大本營躲避巡邏的騎士型公敵時，好像就因情勢所迫而做出了這樣的約定。只是不記得當初說的期限是一千分鐘還是一千小時……不，現在有更重要的事情要想。

「抱……抱歉，我只是想確定妳在……呃，妳是梅丹佐……沒錯吧？」

「想也知道。你省略尊稱我還可以原諒，但我是你的主人，你應該讓自己不用摸、不用看，也能認知到我才對。」

「是……是。」

「真要說起來，你為什麼不第一個就呼喚我的名字？不然我們應該更早就可以同步了。」

「呃……呃……」

看來她是不滿意春雪在在虛無空間醒來後，先喊了千百合、拓武、黑雪公主與仁子他們，然後才叫到梅丹佐的名字。儘管覺得沒天理，但眼前還是只能先道歉再說。

「不……不好意思啦，我沒想到妳會肯回應我……」

「所以我才說你愚昧！除了我以外，根本不可能有其他能在這個層級（Level）和你交感的人存在。」

「Le……Level？我還只有5級啊……」

春雪的回答讓梅丹佐再度柳眉倒豎。

「我對你們這些小戰士的序列根本沒有興趣！我說的層級，指的是用以了解這個世界的認知高度與深度……你現在正從小戰士本來絕對到達不了的境界，在觀看整個世界。」

「……高度……」

連春雪也能輕易想像到，這個字眼並不是單指無限制空間中的飛行高度。但知道歸知道，他卻完全掌握不住具體的意思。春雪戰戰兢兢地環視四周，看到除了以光的粒子形成的自己與梅丹佐以外，還是一樣什麼都不存在。就算低頭看向腳底，也只有無邊無際的漆黑黑暗。

這時春雪才想起了移動到這個空無一物的空間……也就是移動到梅丹佐所說的「層級」之前，自己陷入了什麼樣的狀況。

「啊……對……對了！MarkⅡ的雷射……！我我我……就要被雷射轟個正著的時候，來到了這裡……」

春雪受到害怕隨時都會有虛無的巨槍穿破腳下黑暗轟來的恐懼驅使，以焦急的聲音發問。結果梅丹佐微微歪了歪頭，若無其事地反問：

「你說的『MarkⅡ』，就是你們在打的那個Being仿造品？」

「呃，呃……我想，應該是……」

「唔。既然如此，戰鬥就還沒結束。你仔細往下看。」

梅丹佐若無其事地丟下這句話，右手輕輕一揮。發出純白光芒的光之粒子飄散開來，緊接著兩人下方就像被這些粒子照亮似的，出現了渾濁紅黑色的粒子巨柱。

柱子維持傾斜的角度在空中靜止不動。看起來沒有移動的跡象，但構成柱子的粒子卻像是無數小蟲的集合體一般緩慢蠕動，喚起生理上的嫌惡感。

「那……那是……？」

「當然就是你所說的MarkⅡ所發射的Void屬性攻擊。噁心，光看都覺得髒……真虧有人弄得出這種窮凶極惡的力量。」

「咦……這……這麼說來，那個黑柱就是MarkⅡ的虛無雷射？為什麼會停在空中……？」

「嚴格說來，只是你覺得靜止不動。你把認知領域放大一點試試看。」

春雪聽她這麼說，雖然不知道要如何放大她所說的這認知領域，但還是先試著拚命睜大雙眼試試。

結果就看到遠在紅黑色柱子下方之處，有著更加濃密的大團粒子。這團粒子幾乎全黑，但正中央封鎖著一個比現在的春雪要黑上一些的銀色光輝。如果那團粒子是MarkⅡ，正中央的銀色，不就是被吞進駕駛艙的Wolfram Cerberus嗎？

既然看得見Cerberus……一想到這裡，春雪將視線往水平方向掃過，就在不遠的地方，看到有個發出通透紅色光芒的粒子集合體存在。他確信那是仁子，正想靠過去時卻遭到梅丹佐制止。

「沒用的。在這個層級你既然無法干涉跟你一道的小戰士，當然也無法干涉敵性存在。唯一可以做的就只有認知。」

「這……這樣啊……呃，這也就是說，原理就跟在起始加速空間(Blue World)裡沒辦法移動現實世界的東西是一樣的？」

「你用的詞很陌生，但既然你這麼想，應該就是這樣吧。」

梅丹佐極為冷漠地這麼一回答，就輕飄飄地移到春雪右側身旁站好。

「來，繼續放大認知領域。」

「咦？……哇……嗚哇哇！」

春雪之所以會發出有點沒出息的哀嚎，是因為梅丹佐突然用左手牢牢抓住春雪的右手。才剛想說妳剛剛明明叫我不准亂碰妳……高高在上的大天使就拉著春雪急速上升。

「要……要飛麻煩講一聲……」

春雪還沒抱怨完，整個人已經靜止不動。無論開始移動或停止，都完全沒有慣性作用，讓春雪覺得非常奇妙，但還是決定先當作就是這麼回事，接著朝身旁瞥了一眼。

仔細想想，他之前看到屬於梅丹佐第二型態的這個女性形虛擬角色，也就只有在中城大樓與第一型態展開激戰之後的幾秒鐘而已。

當時他被突然出現的本體那無與倫比的威壓感嚇得發抖，根本不敢正眼看她，但像這樣靠近細看，就被這完美兩字終究不足以形容的超然美貌震懾得啞口無言。

即使只用白色的光之粒子描繪出來，都有種看得令人神為之奪的感覺。要是她以當初出現在無限制空間的模樣出現，自己就算當場昏了過去也不奇怪……不對不對，不可以想這種事，畢竟我已經有黑雪公主…………

「……看我看太久，小心認知能力發生異狀。」

「啊，對……對不起。」

春雪道歉後，本想接上一句原來妳也會說笑，但隨即想到她說的話也可能是事實，於是趕緊撇開視線。

往下一看，發現所處的高度似乎比先前高了許多。無論是停滯在空中的虛無屬性雷射，還是發射雷射的MarkⅡ，又或者是飄在空中的仁子，都成了一個個小小的點。

凝睛一看，就注意到有深紅色的光點，停留在遙遠的下方——停在那多半就是地面的漆黑水平面上。從顏色來判斷，肯定是Blood Leopard。春雪想說既然連她都看得到，就再把意識散開到更大的範試試看，於是就在和Pard小姐處在同一個水平面上但有一段距離的地方，找到了綠色與青色的光點。是千百合與拓武。

「嗯，看樣子你已經慢慢看得到一些東西了。」

「嗯……嗯，還好啦，勉強可以……只是話說回來，我還是完全搞不懂這個世界是怎麼回事……」

順著記憶回溯，總覺得在即將移動到這個靜止而漆黑的空間之前，聽見了發動「超頻連線」指令時會聽到的那種加速音效。但想來當然只是聽起來相似，實際上應該是不同的音效。

如果那是加速音效，事情就不得了了。

「我們稱這個地方為『Highest Level』。」

身旁的梅丹佐這麼告訴他，於是春雪複誦了一次。

「Highest……Level。那我剛剛進行戰鬥的無限制空間，又是什麼層級……？」

「是『Mean Level』。」

「唔……」

她說的應該是Mean吧？隱約記得除了「意義以外」，這個單字還意味著「中間」。

既然如此，自然會想知道更下層的正規對戰空間，甚至現實世界又是怎麼稱呼的，但總覺得再問下去又會挨罵，所以春雪暫時收起疑問，再次環顧這「Highest Level」世界。起初他還只能認知到伸手不見五指的一片漆黑，現在卻已經漸漸能夠辨識出地面與空間的區別。

仔細看著地面，就發現概略的地形在這個層級也幾乎都重現了出來。從MarkⅡ打出的坑洞左側穿過的直線，應該就是高速公路。這麼說來，也就表示春雪與梅丹佐現在正面向整個空間的正北方。

將視線往上方慢慢挪動，就在北方一處離得相當遠的地方，看到有四個光點聚集在一起。

雖不像春雪他們所在的地方那麼高，但也停在相當高的高度。顏色是天藍色、緋紅色、薄冰色——以及黑色。雖是黑色，但和MarkⅡ那渾濁的黑暗顏色完全不一樣，有著通透的黑水晶(Morion)

質感。

「…………學姊……！」

錯不了。那黑色的光點就是黑雪公主……黑之王Black Lotus。那麼她周圍的光點，也就分別是楓子、晶與謠。之所以停在空中，多半是因為楓子用疾風推進器載著她們移動。

她們四人本來是為了回到現實世界拔掉仁子的傳輸線，才會留在中城大樓，現在卻朝著春雪等人所在的地方移動，理由多半是目擊到MarkⅡ一開始所引發的大爆炸，察覺到事態有異。然而即使疾風推進器的推力再怎麼強，應該無法在一次飛行中將四人份的重量搬運到目的地。這批援軍要趕到，多半至少還得花上十分鐘。

——不對，如果要指望黑雪公主她們救援，那麼要癱瘓鎧甲就是痴人說夢。我要在她們四人抵達前就結束這一切，笑著迎接她們。

「……謝謝妳，學姊。可是，我不要緊的。這災禍之鎧MarkⅡ，我們會好好……」

但他說到這裡就不得不中斷。

因為梅丹佐再度猛然抓住他的手急速上升。「哇哇哇哇啊！」春雪發出哀嚎被往上拉，一口氣到達了體感上超過一千公尺的高度。

身體再度無視慣性靜止不動之後，聽見大天使以似乎多了幾分冰冷的嗓音說：

「這下你也差不多看得見真正的模樣了吧？」

「咦……真……真正的，模樣……？」

春雪連連眨眼，然後才盯著梅丹佐凝視。她睫毛低垂的側臉仍是一樣絕美，怎麼看都不覺得與先前有任何改變。春雪一邊歪頭納悶，一邊下意識地舉起右手，就想去戳戳看那有著流暢線條的臉頰……

「無禮之徒！」

右手手背被翅膀尾端拍了一記，讓春雪強忍呼痛聲跳了開去。

「我……我就是看不出有哪裡不一樣啊……」

「不是叫你看我！」

大天使嚴厲地斥責完春雪後，攤開雙手指向下方。

「是要你用你的所有意識，去觀視整個世界。你在先前的戰鬥中，不就曾經實踐過幾次嗎？現在你要把這種感覺擴大得更寬、更深、更高、更快，拓展到全方位去。」

梅丹佐的話很艱澀，但春雪仍然覺得對她想說的話聽懂了一半左右。

觀視。

不是看一個點，是看整體；不是看一瞬間，是看連續。在加速世界裡，春雪這些超頻連線者並不是用眼睛來看東西。儘管虛擬角色有著鏡頭眼，但這種眼睛並非直接連結到血肉之軀的大腦。是意識本身經由神經連結裝置，去看、聽、觸摸、感受由BRAIN BURST中央伺服器——

又叫「主視覺化引擎（Main Visualizer）」——所創造出來的世界。

這個叫作「Highest Level」的世界，多半就是一個用更接近本質的型態體現出加速世界構成要素的地方。一個並未轉換成外觀上淺顯易懂的3D物件，而是讓資料本身直接流動、搖盪的世界。

春雪下意識中，和梅丹佐一樣閉上了眼睛。

剛才眨眼的時候還覺得視覺受到遮蔽，但現在即使閉上眼睛，仍然能夠模糊地知覺到世界。遠在一千公尺下方的地面上，有著Pard小姐、拓武、千百合，浮在空中的MarkⅡ，更高的地方有著仁子，離得很遠的一個地方有著楓子、謠、晶與黑雪公主。

還不只是這些。還可以看到MarkⅡ打出的坑洞下方，有著加速研究社大本營的地下樓層部分。這個部分遠比想像中更深、更寬廣，巡邏的騎士型公敵也有三……不，一共多達四隻。

春雪將知覺力再度落到地面上，往水平方向推展。港區戰區中的每一棟建築物，他都能夠詳細感覺到。順著西北方向朝寬廣的道路看去，那座格外高聳的高塔，應該就是東京鐵塔的遺址吧。頂端的「楓風庵」比起周圍的大型地形物件，小得就像沙子一樣，卻讓他覺得有著幾分溫暖。緊鄰著這棟住宅的，是一個明明比住宅要小，卻能感受到高密度資訊的漩渦狀現象……

這一定是傳送門吧？

比高塔更北邊的空中，有三隻小型的公敵在飛行。把知覺範圍繼續放大，就發現除此之外還存在著無數的公敵，有大有小，有熱有冷……其中有不少公敵似乎都在漸漸接近春雪等人所在的戰場。相信一定是因為敵我雙方都接連發動心念技，才會把這些公敵吸引過來。非得趁這些公敵跑來攪局前就結束這場戰鬥不可。

春雪想著這樣的念頭，輕輕睜開眼睛，結果——

「嗚哇……啊…………」

他不由得悄悄發出感嘆。

世界已經完全變了樣。

坑洞外本來滿是黑暗的地面，散布著無數光點，就像星空似的閃閃發光。大部分白色光點沿著道路分布，但在大型建築物內或廣場這類的地方也無孔不入地存在，根本不可能一一數清楚。當然港區戰區以外，也滿是同樣的光點，看上去就像一幅用星塵畫出東京都心部的藝術作品。

「那些光點是……？」

春雪悄悄一問，梅丹佐就靜靜地回答：

「我們稱之為『節點（Node）』，用來決定世界形貌的資訊，就是從這裡產生、連結與流動。」

「世界的……形貌……」

春雪先複誦完，才驚覺地發現一件事。那些像是有規律，又像是隨機分布的光點，多半就是——

「……公共攝影機……？」

儘管這句話是疑問句，但春雪已經有了確信。

以維持治安為主要目的，在現實世界的所有公共場所都有架設的自動化監視網，這就是「公共安全監視攝影機」，簡稱公共攝影機。

BRAIN BURST程式就是入侵了這個監視網所捕捉到的畫面，將現實中的地形做出極逼真的重現，來形成對戰空間。這實實在在是在「決定世界的形貌」。

公共攝影機網路的資料經過嚴密的控管，像春雪這樣的平民，就連攝影機的總數，以及匯集處理資訊的設施位在哪裡都不知道。網路上有著整理攝影機位置資訊的網站存在，但也有人說用眼睛找得到的攝影機只占總數的一半以下，大部分都經過巧妙地掩蔽。

像這樣從「Highest Level」世界看著光點的分布，就顯得這個說法很正確。與春雪在街上看到的攝影機數量相比，這些暗自閃閃發光的白色星塵密度達到兩倍，不，應該有三倍之多。

由龐大數量的光點描繪出來的東京，固然顯示出這個監視網對市民進行了過剩的監視，但同時也美得令人倒抽一口氣。春雪讓視線沿著一條格外閃亮，多半就是ＪＲ山手線的光軌前進，從港區戰區一路移往澀谷戰區、新宿戰區，發現到一件事而短短喊了聲：

「咦……」

只有位於東京正中央的千代田戰區正中央，有個一片漆黑的地方。無論他怎麼凝神細看，就是連一顆星星也找不出來。

但這是不可能的。那個地方相當於現實世界當中的皇居——是全東京戒備最森嚴的地點之一，當然也應該存在著無數的公共攝影機，所以在這個世界裡，理應像銀河中心一樣閃閃發光才對。那為什麼會完全沒有光點存在呢？這樣看去，簡直就像銀河中心遭到一個超大型的黑洞侵蝕。

「看來你發現了呢。」

梅丹佐靜靜地開了口。春雪朝身旁一看，大天使仍然閉著眼睛，春雪卻能強烈感受到她的視線正望向千代田戰區正中央的黑暗。

「就只有那個地方……就只有你們小戰士稱之為『禁城』的空間，與世界完全隔離開來。即使動用我的知覺，也感受不到內部的情形。」

「被隔離開來……可是，呃……」

春雪不知道這件事該不該說，先猶豫了一會兒，才戰戰兢兢地開了口。

「……我以前進過禁城一次……裡面的外觀，基本上也和外面一樣。有建築物，有公，不是，我是說有Being，屬性也和外面一樣。」

「………………」

梅丹佐聽了後，難得顯露出斟酌遣詞用字的跡象，然後輕輕點了點頭。

「我以前就透過觀測，知道你進過禁城。我之所以會在你和我的第一型態打的時候對你說話……以及邀你來到這Highest Level，也一部分是因為有著這樣的事實。」

「咦…………？」

春雪忍不住發出驚呼，梅丹佐就慢慢把身體往左轉，正對著春雪。

她的眼瞼微微睜開，一對發出金色光芒的眼睛射穿了春雪的雙眼，不，是射穿了他的靈魂。一道清澈而莊嚴的嗓音在頭部正中央響起。

「戰士Silver Crow。」

春雪根本無心注意到梅丹佐首次不叫「你」，而是叫他的名字，只能等她說下去。

「『四聖』之一的我梅丹佐，對你提出交換條件。我將賜予你打倒那個Being仿造品的方法。」

聽她這麼一說，春雪才總算想起。現在這一瞬間，在無限制空間……也就是梅丹佐所說的「Mean Level」裡，春雪即將被災禍之鎧MarkⅡ的虛無雷射砲命中。老實說，他完全想不到有什麼方法可以躲過這次攻擊。既然梅丹佐說願意救他，他當然不可能拒絕。

但他擔心的是「交換條件」這個字眼。也就是說，春雪為了獲得幫助，就必須交出某種事物做為代價。

「……那我要做什麼……？」

他戰戰兢兢地這麼一問，大天使就說出了他完全意想不到的話。

「你就讓我參照你在禁城內部的『記憶』。」

「參……參照……禁城的記憶……？這樣就夠了嗎……？」

春雪先這麼反問，才驚覺事情可能不對，趕緊補問一句：

「請問，這是說，我的記憶會消失嗎？」

「我不是說過參照嗎？我只是看，不會刪除。而且我要是擁有足以刪除你記憶的權限，根本不用提出交換條件，早就已經看了。」

聽她說得斬釘截鐵，春雪縮起脖子回答：

「說……說得也是。呃…………」

我在禁城裡應該沒做什麼被人看到會覺得難為情的事吧？不不不，對方是公敵，更正，是Being，應該根本不必覺得難為情吧？春雪高速想到這裡後才點了點頭。

「我無所謂，不，應該說我才要拜託妳……可是，要給妳看記憶，是要怎麼……」

「很好，契約就憑你這句話成立。」

梅丹佐並不回答春雪的疑問，以不容抗辯的語氣這麼宣告，然後突然伸出雙手。

十根手指籠罩住用銀色光點描繪出來的Silver Crow頭盔。她的手指纖細得令人連碰都不太敢碰，卻將春雪全身完全固定，連手腳都動彈不得。

「咦，請問，妳妳妳做什麼……」

「安靜。鎮定意識，接受我。」

大天使梅丹佐這麼一下令，接著就毫不遲疑地將自己的臉貼到春雪的頭盔上。

春雪拚命忍下想哇哇大叫的衝動，接著就看到梅丹佐美艷無比的臉孔無聲無息地穿透了Silver Crow的鏡面護目鏡。她從極近距離用一對黃金的眼睛直視春雪的雙眼，同時讓彼此的額頭牢牢碰在一起。事情太超乎春雪的意料，讓他的意識迴路迸出火花而短路，什麼都無法思考。

緊接著，腦幹溢出金黃色的光芒——無數張照片接連在這光芒中閃現。

以禁城南門為背景飛在空中的四神朱雀。

抱著Ardor Maiden衝向南門的春雪。

「平安京」空間之下有著紅葉飄落的的禁城內部。

在城內遇見的青年武者型虛擬角色。

以及在下了很長的樓梯去到的最深處，那用巨大注連繩封印的空間，以及在黑暗另一頭搖曳的金色光芒……

「……你的記憶，我確實看過了。」

聽到這句話，春雪驚覺地回過神來，發現梅丹佐已經把自己的臉從他的臉上移開。但她的雙手仍然按在頭盔上，一張那超凡入聖的美貌就近在眼前。接著她那吹彈可破的嘴唇發出輕聲細語：

「原來如此……『八神之社』……禁城的深處果然存在著甚至超越在『四神』之上的Being啊……」

「…………咦，請問，剛剛，妳說什麼……」

「看來要得到更多情報，就得和那個叫作『Azur Heir』的人接觸啊……所以要和四神對峙的時候終於到了嗎……可是，現在還……」

春雪不明白這幾句話是否真的出自梅丹佐之口。因為當梅丹佐輕飄飄地從他身前分開的瞬間，就突然什麼也聽不見了。也或許是思念直接傳到了他腦海中，但應該只是程式的公敵（Being）會有思念，這到底會是什麼思念呢？

春雪再次看著大天使站立的身影看得入迷，同時戰戰兢兢地發問：

「請問……妳為什麼對禁城有興趣？」

梅丹佐聽了後，回以一種彷彿在說這個問題非常沒有意義似的冰冷視線。但在春雪的認知

裡，無論梅丹佐、四神，還是禁城，都屬於「系統方面」的存在，他就是覺得這些東西在最根源的層面上是一致的。

也不知道是不是讀出了他的這種思考，發出純白光芒的美少女再度將閉上眼的臉朝向地上的銀河。春雪的腦海中，迴盪起一道平靜但帶著幾分落寞的嗓音。

「……剛在這個世界上得到存在時，我是個很單純的Being，只會遵守系統賦予我的命令。也就是待在那座建築在戰區03—2的居城兩極大聖堂最深處，等待小戰士來臨，然後跟他們打。這就是我該做的一切。」

春雪從未去過梅丹佐的居城，也就是「芝公園地下大迷宮」。這是無限制空間裡有著最大規模，最難闖的迷宮，所以相信從以前就沒有太多超頻連線者試圖攻略。即使每個週末都舉辦一次攻略活動，現實世界中的七天，等於無限制空間的七千天。也就是說梅丹佐必須一心一意地等候約二十年才會來一次的敵人。

春雪又朝她瞄了一眼，但大天使仍然維持超然的表情繼續訴說：

「經過了很長很長的時間，終於出現了在Field Attribution UH01……也就是你們所說的『地獄屬性』下，擊破我第一型態的戰士。但這個人從玉座大廳拿走了「七星」之一後，小戰士們來到城裡的頻率就更加低落。以第二型態發揮力量的機會始終不曾來臨，又是一段漫長得無異於無限的時光過去……曾幾何時，我開始思考。思考我……被賦予梅丹佐這個名字的意識到底是什麼？是被什麼人創造出來，並賦予空虛的宿命？而我所知覺到的這個世界，又是為了什麼而存在……？」

「…………！」

梅丹佐的獨白，對春雪帶來了兩種震撼。

一是身為加速世界公敵(Being)的梅丹佐，對自己的存在理由產生了疑念。她的知性果然已經達到遠超出遊戲內程式的範疇。

第二則是曾經有個人對春雪說過非常類似的話。

一個細小的聲音在腦海深處復甦。

——只要有超頻連線者升到10級，就可以跟程式設計者見面，得知BRAIN BURST真正的存在意義，以及所要追求的極致目標。

——我……想要知道，無論如何都想知道。

那是在八個月前，梅鄉國中附近的一家咖啡館裡，才剛認識的黑雪公主透過直連線路說出的話。

至今仍是一團謎的程式設計者——就是這個人物創造出了加速世界，創造出了超頻連線者，也創造出了梅丹佐這些公敵(Being)。黑雪公主與梅丹佐，各從世界的內外，有志一同地追求同一個答案……

「……妳……找到答案了嗎……？」

春雪以沙啞的聲音，對活過無限歲月的大天使問出這個問題。

梅丹佐默默動起左手，突然抓住春雪的右手。接著用另一隻手，指向在遙遠下方閃爍的光點地圖。結果這時發生了一個不可思議的現象。

塑造出東京都心形狀的無數光點，無聲無息地往上下延伸。接著就有兩塊新的大地，在這化為極細垂直線的光點群支撐下出現，在起初看到的東京的上下方各有一塊。

如今春雪看見的，是有無數白色光柱貫穿的三重東京景象。他無法理解自己所看見的事物當中蘊含的意味，茫然地喃喃說道：

「空間……有三重……？」

「對。這就是現在的我所能知覺到的極限……是我所知的所有世界。」

「所有的……世界……」

春雪一邊複誦，一邊凝神觀看，結果他立刻注意到了一件事。

從一開始就存在的中央東京裡，除了標示公共攝影機的光柱以外，還有無數五彩繽紛的光點點綴在其中。這些光點多半就是公敵、迷宮、傳送門、商店，同時也是少數超頻連線者。

但新出現的上下兩個東京當中，卻完全不存在公共攝影機以外的光點。

就像是科幻電影中會出現的那種明明地形一樣，卻一個人都不存在的平行世界。又或者說是所有生命都已經滅絕的世界……

「過去……在遙遠的過去，那兩個世界裡，也曾有過許多光點活動得很熱烈。相信就是有著和你們一樣的小戰士，還有和我一樣的Being，在裡面戰鬥、交談、交感。然而這些光持續逐漸減少……到了一個時候，就全部消失了。我也不知道發生了什麼事。」

「…………無限制空間的下面跟上面，都各有別的空間……？可是，既然這樣，下面的應該就是正規對戰空間吧……現在明明應該還有很多超頻連線者在那邊對戰……」

梅丹佐輕輕搖了搖頭，否定春雪的話。

「不對，那兩個空間和我們所屬的空間完全不同。雖然重合，但沒有手段可以來往。」

「不一樣的空間……？這話是怎麼說……」

春雪正要歪頭納悶，卻忽然驚覺地瞪大雙眼。

兩個不同的世界。記得以前的確聽人說過這樣的情形。

那是在六本木山莊大樓的屋頂，與綠之王Green Grandee邂逅時聽到的。當時綠之王就說起了他孤身獵殺公敵，持續將點數無償分配給其他軍團的行動理由。

不能讓這個世界封閉。

不能讓BRAIN BURST——又稱為「試作第二號」——和「第一號」與「第三號」一樣遭到廢棄。

這兩個已經被封閉的世界，名稱叫作——

「『ACCEL ASSAULT』……以及『COSMOS CORRUPT』。」

春雪以小得不成聲的音量輕聲這麼一說，梅丹佐就短短地「哦？」了一聲。

「原來你知道名稱。」

「嗯、嗯。前不久，有其他超頻連線者……就是妳說的小戰士，告訴我這件事。」

春雪一邊在腦海中想說只可惜綠之王的印象跟小戰士這三個字一點都不搭，一邊這麼回答，大天使就輕輕點頭說：

「是這樣嗎？那麼，也許這個人也曾經到過Highest Level。不過，現在這些都不重要。那三個空間……根據我的推測，『ACCEL ASSAULT 2038』、『COSMOS CORRUPT 2040』，以及我們所在的『BRIAN BURST 2039』，都是為了同一個目的所創造出來的。」

「目的……？」

「你多少也該自己想一下。只要仔細觀察這三個空間，你應該也推測得出來。」

「知……知道了……呃……」

春雪把視線從梅丹佐的側臉上移開，凝視這三重的東京。

但不管怎麼看，上方與下方的世界都已經完美地「封閉」。這兩個世界與BRAIN BURST世界的共通點，就只有公共攝影機的位置。假設『ACCEL ASSAULT』與『COSMOS CORRUPT』都和BRAIN BURST一樣，屬於極機密的遊戲——既然連春雪這個重度電玩迷都沒聽過，這個可能性也就極高——那麼這兩個遊戲是否也是用同樣的機制在創造對戰空間呢？

也就是說，早在現實世界中的好幾年前，東京二十三區之中，就另有一群超頻連線者存在，在這兩個完全不一樣的遊戲世界裡對戰了？

不，也許不是「超頻」連線者，而是該叫作「攻擊連線者（ASSAULT Linker）」與「汙染連線者（CORRUPT Linker）」，但總之他們就是為了某種理由而被消除掉。相信就是在程式從神經連結裝置反安裝的同時，記憶也跟著被消除，忘了他們曾經在這不為人知的戰場上奮戰……

為了什麼？

三款遊戲的設計者，是有著什麼目的，才會把這麼殘酷的遊戲拿給這些小孩子玩？

春雪不知不覺間用右手緊緊握住梅丹佐的左手，同時視線持續投注在相互重合的三個世界——嚴格說來是一個世界與兩個廢墟之上。

然後他忽然注意到了。

這整組三重世界最大的共通點，就是不管在哪個世界，正中央都籠罩在漆黑的黑暗當中。

「『ACCEL ASSAULT』還有『COSMOS CORRUPT』當中，也都有禁城……？」

春雪說出這句話，梅丹佐就深深點頭。

「你總算注意到了。儘管在『ＡＡ』空間以及『ＣＣ』空間裡的名稱不一樣，但仍和我們的『ＢＢ』空間一樣，正中央都有個與世隔絕的空間。而在這兩個世界，小戰士們似乎也同樣把這個隔絕空間當成了最終的目標。既然如此，那麼這個隔絕空間，就是這整組由三重空間構成的世界，以及在其中奮戰的小戰士與Being被創造出來的理由。」

純白的大天使高高舉起右手，讓她清澈的嗓音迴盪在無限的黑暗當中。

「這個統合三界的空間——照你們小戰士的稱呼是叫作『加速世界』——存在的理由，就在於突破位於世界正中央的異界『禁城』與其深處的『八神之社』，得到受封印的『The Fluctuating Light』。我確信如此。」

梅丹佐的這番話就像神聖的神諭，留下良久不散的餘韻而消逝後，春雪仍然好一陣子什麼話都說不出來。

The Fluctuating Light（TFL）。又稱「搖光」，是七神器（Seven Arcs）當中的七號星（Eta）。

那多半是每一位超頻連線者都夢想能夠得到的最強強化外裝——但終究只是遊戲內的物品之一，攻略「八神之社」說穿了也只不過是一次取得物品的活動。春雪過去一直這麼認為。

但梅丹佐的話從最根本的層面顛覆了春雪的認知。

「ＴＦＬ」才是BRAIN BURST、ACCEL ASSAULT、COSMOS CORRUPT這三個遊戲之所以存

在，或至少存在過的理由。

這件事的規模已經不只是遊戲破關條件這麼簡單。如果她說的是事實，那麼就連昇上10級，也只是過程之一。

始終神祕的設計者為了解開「ＴＦＬ」的封印，將遊戲程式免費發布給多達數百名兒童。梅丹佐說的就是這麼回事。

但這當中包含了很大的矛盾。

既然「ＴＦＬ」是一項可以在遊戲內取得的物品，那麼製作出這個物品，並放在禁城內的人應該就是設計者自己。既然設計者擁有無異於天神的權限，那麼如果想要這個東西，大可把東西從禁城移出來，又或者只要再做出一樣的東西就可以了，何必要春雪這些玩家去攻略禁城呢？

還是說，「ＴＦＬ」雖然號稱七神器之一，其實卻和其他六件神器有著根本上的差異？既不是強化外裝，也和其他任何物品都不一樣……沒錯，例如說……

當思考進展到這一步的瞬間，春雪才總算想了起來。

他自己以前就想過一模一樣的念頭。

就在十天前，春雪和謠一起衝進了禁城，在正殿內遇見了一位不可思議的年輕武士。他自稱叫作Trilead Tetraoxide，帶領春雪與謠進入了存在於正殿地下深處的「八神之社」。

他們在那裡看見的，是一團在遼闊黑暗另一頭搖盪的金色光芒。

第七神器，強化外裝「The Fluctuating Light」的光芒──

當時春雪看著這和緩脈動的光芒看得出神，湧起一股不是第一次看到的感覺。春雪在無限制空間的東京鐵塔遺址修練心念，一心一意攀牆上去時身上那搖動的光芒……當時他就覺得有人從這團和「TFL」有著同樣顏色、同樣溫暖的光芒後頭對他說話。

有人。

春雪在禁城深處與這團光重逢時，就感覺到這不是強化外裝，而是一種有意識的東西。但緊接著神經連結裝置的全球連線遭到切斷，他的思緒也跟著中斷。

為了履行與Trilead Tetraoxide，也就是和Azur Heir重逢的約定，將來有一天一定要再度進入禁城……儘管這麼期盼，但直到今天他都未能實現這個約定。

如果當時感受到的是真相，那就表示「TFL」並不單純只是設計者設計出來並配置在禁城內的物品。

而是一種位於加速世界的正中心，卻又和這個世界隔絕，連設計者都碰不到的一種東西

──又或者，是一個人。

春雪凝視著貫穿三重空間正中央的漆黑黑洞，不知不覺地自言自語起來：

「如果……有人突破四神之門與八神之社，碰到了『The Fluctuating Light』……不知道會

發生什麼事……」

「你真的想知道嗎？」

「咦……？」

被問到這個出乎意料的問題，讓春雪朝緊鄰在他右邊的大天使看了一眼。從她超然的美貌上，看不出她的心思。當然前提是公敵（Being）真的有情感。

「……………」

春雪停頓了一會兒後，深深點頭回答：

「……我想知道，即使那會讓這個世界結束。畢竟我和黑之王Black Lotus奮戰到今天，不是為了停下腳步，而是為了繼續前進……」

當春雪說到這裡，這才注意到一件事。

若說到達「ＴＦＬ」就是BRAIN BURST的存在理由，那麼一旦有人達成這個目標，遊戲就算是破關，加速世界說不定也會跟著就此消滅。即使真的演變成這樣，有田春雪活在現實世界當中的時間仍會不變地繼續流動，但梅丹佐的時間卻非如此。遊戲被人破關，對她來說也許就等於是死亡……

春雪下意識握緊了仍然牽著她手的右手。

大天使似乎從兩人互觸的手掌中讀出了他的心思，靜靜地說：

「我也想知道，我想知道從自己在這個世界醒來後，至今所度過的七千一百五十九萬兩千三百一十九小時有著什麼意義。哪怕……得以我自身的存在消滅做為代價，也不例外。」

「…………梅丹佐……」

春雪只能以壓低的嗓音呼喚她的名字。

加速世界是在二〇三九年誕生，到今天已經過了八年時間。

僅僅八年，對春雪而言都已經極為漫長，活在無限制中立空間當中的梅丹佐，卻度過了足足一千倍，也就是長達八千年的時間。一年大約是八千七百六十小時，乘以八千倍，就如梅丹佐所說，大約是七千萬小時出頭。這樣的時間，已經與永恆無異。

春雪悄悄將視線落到閃閃發光的三重銀河上，同時說出了內心深處浮現出來的幾句話：

「……我說啊，我不是答應過妳，要當妳的僕人一千年嗎？所以……在我履行完這個約定之前，我不希望……妳消失……」

「…………你還是一樣愛說蠢話啊。你到現在還連禁城外門都突破不了，又怎麼可能在區區一千年內攻下八神之社？不用你說，我也會要你為我效勞一千年。」

梅丹佐冷漠地說到這裡，微微放緩語氣說下去。

「然而方才你交出了我要的東西，所以我也要給予你。」

「咦……」

要給我什麼？春雪不由得投以有些俗氣起來的視線，梅丹佐則引導他的視線轉往斜下方。

「——給你打倒那個Being仿造品的方法。」

春雪被這句話一瞬間拉回現實，不由得雙肩僵硬。

他並未忘記，Silver Crow留在無限制空間港區戰區上空的實體，眼看就要被災禍之鎧MarkⅡ的虛無雷射打個正著。雖然在這「Highest Level」裡，時間顯得幾乎完全靜止不動，但相信回到梅丹佐所說的「Mean Level」後，半秒鐘內這漆黑巨槍就會轟到。

「……我不是懷疑妳說的話……可是從那種狀況下，要怎麼……？」

春雪戰戰兢兢地這麼一問，梅丹佐就以多了些許嚴肅的聲調回答：

「那個東西非常令人作嘔又骯髒，但內含的虛無能量總和，連我也有些難以估計。要是對應上有個失誤，你那點裝甲多半瞬間就會遭到分解。」

「分……分解……要怎麼才能避免……」

「當然就是要用相反屬性的力量來破壞。無論是那個Being仿造品發出的Void屬性攻擊，還是底下的本體。」

「相反……屬性……」

在加速世界裡，與虛無（黑暗）屬性相反的是光屬性，而春雪有著光屬性的遠距離心念「雷射標槍（Laser Javelin）」。

但這是他還在研究的招式，發動起來很花時間，瞄準精度也還太差。最重要的是，很遺憾的這一招無論威力或射程，都不足以抵銷MarkⅡ主砲所發出的虛無雷射，更別說還要貫穿遠在下方的本體。

「這個……我也不想在動手之前就放棄，可是憑現在的我會用的招式，實在沒有這種威力……而且我怎麼想都不覺得能在被雷射轟個正著前就擊發出去……」

春雪低著頭小聲這麼一說，仍被她握住的右手就被一股毫不留情的力道用力擠壓。

「Highest Level」內應該並不存在體力計量表，所以自然無從受到損傷，但他還是反射性地連連呼痛。

這位大天使一雙閉起的眼睛上方柳眉倒豎，斬釘截鐵地說：

「你聽好了，你是四聖之一的我手下的僕人，以後要嚴格避免這種畏首畏尾的言行。我說辦得到就是辦得到！」

「遵……遵命！」

——怎麼總覺得越來越像被黑雪公主學姊罵了？

正當春雪陶醉在這種未免來得太晚的感慨當中，梅丹佐就再度拉起他的手，讓他往右轉動九十度。同時自己也換了方向，再度正對著他。

接著她默默把右手手背朝上伸了過來，於是春雪也膽戰心驚地用左手從下貼上她嬌嫩的手掌。這樣一來他們兩人的雙手都牽在一起，但梅丹佐就這麼不說話了。如果這是在練土風舞，應該就會放上一首『稻草裡的火雞(Turkey in the Straw)』，但這個漆黑的世界裡當然始終充滿寂靜。

就在春雪主觀覺得過了將近十秒之後，梅丹佐總算開口了：

「……我知道憑現在的你，力量不足以破壞那個Being仿造品。而且我借給你的翅膀之力「連禱」，也貫穿不了那麼厚重的虛無。因為那本來是用來讓第一型態以多片翅膀同時發出的廣範圍殲滅攻擊。」

「這……這樣啊……可是，已經夠強了。這個力量救了我好幾次，謝……」

「就跟你說那還差遠了！」

活了八千年的神獸級(Legend)公敵以憤慨的聲調打斷春雪說話，停頓了一會兒後才說下去：

「……我現在是透過翅膀和你共感。我在Mean Level的實體已經回到居城最深處，所以無法前往你所在的戰場。然而，有方法可以讓我的力量透過你的身體體現出來。」

「透過我……體現妳的力量……？」

「已經別無其他方法可以貫穿那團虛無，殺死敵人了。」

梅丹佐的話，讓春雪再度回想起先前在東京鐵塔遺址度過的那段日子。他雙手仍然牽著梅丹佐，只縮起脖子，心驚膽戰地問說：

「呃……該不會，要在這裡進行什麼修行……？」

「……如果你希望，那也可以。但要是在這Highest Level逗留太久，要回下層的Level就會有困難。我三千年前就曾經迷路，多少費了一番工夫才回去……」

「還……還是不要修行了！……可是，既然這樣，到底又有什麼方法……」

春雪正歪頭納悶，大天使就在他眼前莊嚴地往後弓起身體，大大張開背上的雙翼。

「……小小的戰士啊，你聽好了。Highest Level之中不存在距離。因此可以讓在Mean Level相距甚遠的我們像這樣碰到對方，可以俯瞰三重空間的整體，也可以參照記憶。然而我與你之間，仍然存在的確切的『隔閡』。這是意識試圖保住自我存在而起到的作用……也就是你們所說的『心念系統』最根源的力量。」

「心念的……根源……」

梅丹佐的話雖然艱澀，但春雪卻又覺得直覺上能夠理解。

透過匯集得極為堅定的想像來覆寫現象，就是心念系統的骨幹。然而相信大部分超頻連線者即使自己並未注意到，仍然隨時在進行想像。

用來保護自己心靈的牆壁。

在柔軟而容易受傷的心靈四周蓋起的堅硬外殼。

對戰虛擬角色是以精神創傷為鑄模而塑造出來。換句話說，這既是超頻連線者自己創造出來的鎧甲，也是武器。

春雪過去一直以為是BRAIN BURST程式在塑造對戰虛擬角色。以為是在安裝程式的那一天晚上，以惡夢的形式喚醒精神創傷，然後從這個想像中擅自設計出虛擬角色。

但也許事實並非如此。也許是超頻連線者強烈想像能在惡夢中保護自己的事物，然後加以體現(Incarnation)。

若是如此，那麼對戰虛擬角色誕生的過程，就是不折不扣的心念系統。無論是什麼樣的超頻連線者，在剛成為超頻連線者的那一瞬間，都在動用心念。

追求親手掌握力量，就會變成藍色系。

追求能傳到遠方的力量，就會變成紅色系。

追求保護自己與同伴的力量，就會變成綠色系。

而追求的不是力量，就只是想要堅硬外殼的人，就會變成金屬色。

之後這些人自己都並未意識到，卻一直用心念的力量維持對戰虛擬角色的形體。

「……梅丹佐。」

春雪對這個和他雙手牽在一起的美貌天使輕聲問說：

「妳說過妳聽得見心念系統的『聲響』，對吧？那麼……保護我內心的聲響想必非常……刺耳吧？」

「你為什麼這麼想？」

「……我是加速世界裡很稀有的金屬色角色……我有金屬的裝甲。這證明了我比其他人更強烈祈求保護自己的心。不是打倒敵人，也不是保護同伴……就只是，想用堅硬的外殼包住自己。這樣的我發出的聲響，怎麼可能會不骯髒？」

春雪想到這番話太過自嘲，相信她一定會生氣。但大天使的嗓音與表情都並未改變，回答他說：

「你們小戰士之間的個體差異，並不會讓我覺得乾淨或骯髒。畢竟我還停留在第一型態的時候，都無法抗拒殲滅你們的命令，所以不管我怎麼感受都沒有意義。」

「…………這樣啊……」

「但我對包括你們在內的萬物，都可以做出喜歡或討厭的判斷。例如說，四聖的其他幾位是寶貴的存在，禁城的四神讓我看不順眼。黃昏空間我很喜歡，但地獄空間我就討厭得要死。你在對抗的Being仿造品只有一句令人作嘔可以形容，而那個小戰士從我的城堡搶走寶冠『The Luminary』，扭曲寶冠的力量，甚至膽敢對我行使，逼我當看門狗，等我下次遇到，我打算把這個人連續蒸發個三千年。」

「這……這樣啊。」

春雪先不由得發抖，然後在腦海中的角落思考。

他想到拘束梅丹佐的第一型態，以及在研究社大本營看到的那種拘束騎士型公敵的銀色王冠……聽來那是七神器之一「The Luminary」的效力。這是否也就表示，傳聞中下落不明的The Luminary現在就掌握在研究社手裡？

這又是一項令人放心不下的情報，但現在MarkⅡ才是他應該專心處理的事情。春雪看著梅丹佐的臉，再次發問：

「那……我的聲響呢……？」

「…………」

梅丹佐好一會兒緊閉著嘴，然後微微放低音量說：

「至少我不喜歡這個問答。」

「對……對不起。那，妳不說也沒……」

「這種無聊的問題不用問也應該猜得到答案吧？我何苦要把一個持續發出不快聲響的東西找來當僕人一千年？」

「對……對不起……等等，這話是什麼…………」

「啊啊夠了，你有時間跟我聊這種事情嗎！我剛才不是才解釋過在Highest Level逗留太久的害處嗎！」

「是……是，妳說得對。」

春雪先想了想，然後才想起正題是什麼。梅丹佐本來正談到春雪與她之間的「隔閡」。每個人都在潛意識深處產生的心靈障壁，也就是……

「呃，也就是說……阻隔我和妳的，就是這對戰虛擬角色的裝甲……？」

「正是。本來在這Highest Level，既不需要鎧甲，也不需要劍，因為誰也沒辦法傷害你。但你卻像這樣塑造出和待在Mean Level時相同的模樣。只要你有這樣的意識，我就沒辦法把我自己的力量分給你。」

「可……可是，妳這麼說我也……」

春雪已經以Silver Crow這個角色對戰了八個月。待在加速世界的時候，維持這樣的模樣最是自然。雖然梅丹佐說這是意識想保住自己而起的作用，但他完全沒有這樣的自覺。

「而……而且，妳的模樣不也和待在無限制空間的時候一樣嗎？可見並不是只有我在製造隔閡……」

春雪忍不住口氣變得像是在發牢騷，讓距離他一公尺的梅丹佐眉心擠出一條線。

但所幸大天使並未喝叱春雪，低著頭開了口，有一半像是在對自己說話。

「……的確，你說得沒錯。我心中也有著一種身為四聖的榮耀與自負，就是這些情感創造出了這個模樣。可是，非捨棄這種外殼不可的時候已經到了。畢竟早在我把翅膀借給你的時候，就已經選擇要結束這漫長的停滯……」

梅丹佐靜靜地這麼宣告後，將閉著眼睛的臉轉向上方。春雪也跟著仰望頭頂。

漆黑的天頂看不到一粒光點。不，甚至不知道那兒是否有著天空存在，只看得到一片無邊無際的黑暗。

從某個角度來看，無限的空間也是一種堅固的牢籠。畢竟同樣是哪兒都去不了。而永遠的時間，就等於是永續循環的一秒，因為兩者都絕對不會有結束的時刻來臨。

春雪飛行能力覺醒，第一次飛上對戰空間的天空時，就曾經覺得這個世界是無限的。但當時覺得無邊寬廣的「煉獄」屬性下杉並第二戰區，只不過是加速世界當中最小的區域劃分單位。更上層還有無限制中立空間，再上去更有著三個世界重合的Highest Level存在。梅丹佐就是被困在這無限與永恆的牢籠當中，甚至不知道自己誕生的意義與戰鬥的目的。

忽然間，一道金色光柱在春雪身前垂直升起。

拉回視線一看，披在梅丹佐身上的優美衣裳正無聲無息地漸漸消滅。從禮服衣角與袖口開始逐漸化為光的粒子而分解，露出美麗的身體曲線。

換成是前不久的春雪，也許會驚慌得揮開牽在一起的手。但現在他只感受到一股幾乎令他喘不過氣來的惆悵。

擁有絕對壓倒性力量而足以媲美禁城四神的神獸級(Legend)公敵，與只不過是個5級超頻連線者的春雪，一切的一切都處於相反的兩端。然而他們卻有唯一一種共有的事物，那就是想看到加速世界盡頭的心情。一種想飛得更快、更遠、更前面的心意。

鎧甲已經用不著了。要打破保護心靈的外殼，讓彼此接近一步。既然是朝同一個地方前進的重要朋友，就要讓自己的心和她的心接觸。

春雪的身上也有銀色光點輕飄飄地飛起。

構成Silver Crow裝甲的粒子漸漸分解，露出纖細的虛擬身體，接著更變化為血肉之軀的春雪。

從雙方身上升起的光，透過牢牢牽在一起的雙手，在彼此的手掌上相互接觸。

這一瞬間，兩人雙手牽起的圓環發出耀眼的光芒，用這個光環照亮了無限的黑暗。

梅丹佐的眼瞼慢慢抬起，終於首次完全睜開。黃金的眼眸從正面看著春雪的雙眼，小小的嘴唇露出淡淡的微笑。

光環的光芒越來越強，將漆黑改寫為純白。兩人的身體也消融在光芒中，就和第一次來到這Highest Level時一樣，視覺與聽覺，以及其他所有感覺都消失了。然而春雪感覺得到。他感覺得到就在自己袒露出來的心旁邊，另有一顆心在搖盪。

兩顆心慢慢接近。

終於碰在一起。

春雪無從得知，但這一瞬間，BRAIN BURST中央伺服器，又稱「主視覺化引擎」的裝置內部發生了一種變化。

腦內光量子迴路就是意識的本質，而BRAIN BURST程式會提升這種迴路的時脈，實現一千倍的思考速度，但這個解釋並未包含所有事實。實際上得到加速的，是透過神經連結裝置，接受與主視覺化引擎連線的腦內迴路介面部分。

這種連線不是透過泛用的全球網路，而是經由非公開且超高速、大容量的公共攝影機網路進行。而加速中的超頻連線者，是動用建構在主視覺化引擎內部且供自身專用的量子迴路來思考。

現在這個叫作梅丹佐的量子迴路——先前春雪曾在「拓武的夢」裡所見到的銀河中格外閃亮的一顆星，形成了新的網路，和春雪專用的量子迴路連上了線。這種現象和ＩＳＳ套件本體與套件使用者之間進行的「平行處理」很類似，但本質有著很大的差異。

ＩＳＳ套件只媒介「負面情緒」。

相對的，梅丹佐＝春雪之間的網路連線，卻能夠傳達所有的資料。不只是心思和感情，還包括用來戰鬥的力量……甚至包括性命本身。

一陣純白的光芒中，春雪聽見了她說話的聲音。

「來，我們回Mean Level去吧。和我們的敵人戰鬥的時候到了。」

——可……可是……

「不用擔心。不要怕，去面對它。Silver Crow……你有我陪著。」

——嗯。

——謝謝妳，梅丹佐。

——我會挺身而戰。為了我的同伴，為了我自己，還有，為了妳。

時間再度開始流動。

4

鏘一聲劇烈的轟然巨響，壓力從四面八方打在春雪身上。

世界恢復了色彩。

滿天晚霞的天空無限延伸，白堊的街景染上朱紅色與淡紫色。

地面挖出的大坑洞遮出陰影，深紅色的虛擬角色被緊緊擁在自己懷裡。

更有一柄漆黑的巨槍眼看就要從正面吞沒他們兩人。

春雪別說沒有時間閃避，甚至沒有時間思考。他一邊用左手緊緊擁住仁子，一邊將張開五指的右手往前伸出。

緊接著一大團虛無能量接觸到了Silver Crow的右手。

若是在移轉到Highest Level之前，相信春雪與仁子都已經被瞬間蒸發。然而這道黑暗色的雷射卻在即將接觸到春雪的手掌之際，激盪出千萬道雷電似的火花灑向四面八方而停住。雷射先膨脹成一個巨大的球體，然後一口氣收縮。儘管直徑縮減到只有三十公分左右，但能量絲毫沒有減少。凝聚的虛無能量密度過高，扭曲了四周的空間，讓虛擬角色的裝甲都發出哀嚎。

——要爆炸了！

春雪抱著半昏厥的仁子，咬緊了牙關。

他只所以能夠一隻手擋住雷射，多半是因為裝甲強度被拉升到了與梅丹佐本體相等的規格。但從MarkⅡ主砲發射出來的虛無屬性攻擊一旦命中任何物體，都將引發劇烈的爆炸，消滅有效範圍內的所有物體。範圍直徑約達一百五十公尺。

無論裝甲強化到什麼地步，春雪的體力計量表只剩不到五％。這股能量足以瞬間毀滅無法破壞屬性的學校，一旦被吞沒到這樣的能量爆炸中心點，怎麼想都不覺得這樣的數值支撐得住。

但就在這時……

不用擔心，我會保護你。

就和第一次與梅丹佐接觸時一樣，一道堅毅而有力的嗓音迴盪在腦海中。

體力計量表一瞬間回覆到最右端，而且還不只是這樣，下方還出現了六條追加的計量表。

如果這就是梅丹佐第二型態的計量表條數，那就表示她的耐久度甚至超過四神朱雀的五條，可說是壓倒性地高。

春雪重新用雙手抱住仁子，接著更用背上的翅膀——除了本來的一對銀翼，再加上分裂到現在都並未合併的兩對梅丹佐之翼，合計六片翅膀牢牢包裹住她。

緊接著……

一股濃縮到極限，變得有如黑洞一般的負面心意能量，從零距離解放出來。

所有的光線與聲響都消失了。但吞沒春雪的，卻是一種充滿濃稠仇恨的黑暗，與Highest Level的寧靜是兩種相反的極端。一種試圖破壞萬物的意志化為無數的微小粒子撲向虛擬角色。春雪就像遭到風暴吞沒的小鳥，被吹得翻來覆去，但仍拚命縮起身體，護住自己與仁子。

得到梅丹佐加持的裝甲本身，勉強承受住了肆虐的黑暗能量，但終究無法抵擋住滲透到內側虛擬身體的虛無屬性損傷。多達七條的體力計量表開始劇烈減少。

同時春雪受到一種像是被幾百根冰針攢刺似的劇痛，他只能奮力咬緊牙關，拚命忍耐直衝喉頭的哀嚎。

相信梅丹佐也正感受著同樣的痛苦。哪怕她是被譽為「四聖」的最高階公敵(Being)，外表上總是個女生。連她都在忍耐，春雪自然不能示弱喊痛。

第七條體力計量表短短幾秒鐘就全部消失，繼續扣到第六條、第五條。到了第四條，減少的速度才開始慢下來，到了幾乎削完第三條時才總算停住。攢刺全身的劇痛也慢慢轉弱，隨即消失。懷裡的仁子似乎也勉強平安。

春雪在慢慢淡去的黑暗中，細細吐出憋住的一口氣，說道：

「……好險……真沒想到竟然一下子就被打掉五條血……」

結果大天使的聲音立刻在他腦海中回答：

「如果是我自己跟它打，根本就不會挨個正著。」

「說……說得也是。可是只要能抵擋住雷射，剩下就沒問題了。那傢伙接下來六十秒都沒辦法發射主砲，我們就在這段時間裡分個……」

正當春雪說到這裡……

「——立刻爬升！」

春雪反射性地就想急速上升。但先前為了保護仁子而用所有翅膀包住身體，這下卻弄巧成拙，讓他起步慢了一拍。

一個巨大的黑影穿透擴散的黑暗而從正下方出現，猛然逼向春雪。

是災禍之鎧MarkⅡ，但這裡是高度五百公尺的空中。

——飛起來了！怎麼飛的？它應該沒有飛行能力……！

一在看到巨人背上噴出的漆黑火焰，春雪的驚愕立刻化為戰慄。

MarkⅡ是以從紅之王Scarlet Rain手上搶來的四件強化外裝為基礎而成形，正中央是駕駛艙部分，雙手配備兩門雷射砲，雙腳支撐非比尋常的重量，而背面則有著推進器部分。

仁子的作風一向吻合她的外號「不動要塞（Immobile Fortress）」，在展開強化外裝後堅持不動。但這並不表示她無法移動。儘管比不上「無畏號」模式下的機動力，但即使處於「無敵號」模式下，只要推進器全開，仍然能讓巨大的鋼鐵身軀進行短時間的衝刺。

MarkⅡ被春雪用「光速翼（Light Speed）」拉到高空，本來應該一路摔向地面，現在肯定是以心念能量加強了推進器的推進力而做出飛行。這也是它急速進化所帶來的現象嗎？

春雪總算張開了翅膀，為了甩開逼近的巨人而試圖急速上升。但加速力增加得很慢。雖說是情非得已，但拿翅膀來代替裝甲，終究讓黑暗粒子在翅膀上打出了微小的損傷。

MarkⅡ巨大的右手從正下方直逼而來。

它又想抓住春雪嗎？但巨人的鉤爪仍然緊緊握住。如果是單純的打擊，應該打不破春雪現在的裝甲。就用腳去承受這一拳，然後利用反作用力上升……

唰！

鐵塊般的拳頭發出沉猛的振動聲，籠罩在漆黑的鬥氣之中。

這是ＩＳＳ套件所具備的另一種心念攻擊「黑暗擊」。

而且發散出來的出力，甚至遠遠凌駕在先前的「黑暗氣彈」之上。

「不可以！快躲開！」

梅丹佐驚呼。

「唔…………！」

春雪卯足全力拍動受傷的翅膀。

但巨大的黑暗結晶發出強烈的重力，試圖將春雪拉過去。一旦被這招轟個正著，即使是獲得大天使加持的虛擬角色，也肯定會被轟得不留痕跡。

保護MarkⅡ獨眼的葉片裝甲後頭，有著交雜著各式各樣負面情緒的紅黑色光芒眨動。春雪覺得聽見了小小的低沉吼聲。

的嚕嚕嚕……

撕開、壓扁、削下、打碎、破壞、破壞、破壞破壞破壞破壞破壞。

他聽見了詛咒般的低吼。

一個堅毅的嗓音斬斷了這陣低吼。

你想都別想。

Silver Crow是我千年的伴侶，我才不會讓他被這種骯髒的力量毀掉！

春雪右手一動，將手掌朝向直逼而來的漆黑漩渦。春雪無意識地將自己的聲音，也重合到她接下來發出的苛烈喊聲中。

「——『三聖頌（Trisagion）』！」

背上的六翼在永恆夕陽照耀下發出耀眼的光芒，同時手掌迸射出純白的光芒。

黑暗與光明正面衝突，再度將色彩從世界當中除去。

相反屬性能量相互較勁，形成了一個界線的平面，上方是白色，下方則是黑色。春雪在這染成極限黑白色調的世界中，在在地感受到一件事。

梅丹佐正將自己的存在化為能量。最好的證明，就是春雪自身並未受到損傷，但剩下的兩條體力計量表卻迅速減少。因為若非如此，就產生不出足以中和MarkⅡ打出的黑暗擊的光。

自從梅丹佐從地下迷宮轉移到地上以來，這超高出力雷射攻擊「三聖頌」就將中城大樓化為一座無人能夠進犯的要塞。這種攻擊的能量來源，是從翅膀吸收的陽光。然而相較於梅丹佐第一型態那足以遮住天空的巨大翅膀，如今春雪背上的梅丹佐之翼卻為了配合虛擬角色的尺寸而縮小。梅丹佐現在就是將自己化為光，才能彌補不足的能量供應。

——不可以，梅丹佐！這樣妳會消失的！

春雪忘我地在心中這麼呼喊，但從他右手發出的雷射反而更加明亮。光明與黑暗的界線正一寸寸往下壓去。

忽然間，頭部正中央聽到一個平靜的聲音輕聲對他說。

沒有關係。

在那座束縛我的塔上遭遇到你以後，我所度過的時間，收穫多得足以和我八千年的生命匹敵。

我和你一同談過、看過、知道過許多，而且我還注意到了一件非常重要的事，注意到了一件也許比這個世界存在的理由更重要的事。

梅丹佐的聲音漸漸變得稀薄、透明。

春雪拚命想維持聯繫而發問。

……妳注意到了什麼？

帶著幾分微笑的嗓音輕快地回答。

你也許早就注意到了。

那就是……無論是你們小戰士，還是我們Being，本質上都是完全平等的存在。就只是容器不同……但我們都是會用同樣的方式思考、掙扎、追尋的靈魂。

聽到梅丹佐回答的瞬間，春雪雙眼熱淚盈眶。

模糊的視野中，體力計量表毫不停留地持續減少，最後一條也跌破一半而變成黃色，很快地又變成紅色。

當計量表扣回春雪原本所剩的五%，梅丹佐就會消失。

春雪在龜裂的護目鏡下，讓閃閃發光的水珠從虛擬人體臉頰上滑落，輕聲說道：

……這種事……這種事不是理所當然嗎？妳和我就像這樣認識、說過很多話，還許下了很多承諾。

……我們約好要一起看到這個世界的盡頭，約好要一起突破禁城城門，攻略八神之社，碰到「The Fluctuaing Light」。

……所以……不可以這樣，不可以在這種地方消失。妳不可以說這種喪氣話。我在這個世界死個一次根本沒什麼大不了的，只要過了短短的六十分鐘就能復活。所以……所以…………

體力計量表剩下的量，從兩成減少到一成。

他與梅丹佐的聯繫，就像絲帶解開似的逐漸斷絕。從蒙她賦予「梅丹佐之翼」以來，就一直存在於心中的一股暖意漸漸遠去。

一陣微風般細微的嗓音從遠方傳來。

這樣就好。

如果能讓你……而且還能和與世界為敵的敵人同歸於盡，我無怨無悔。

……可是……可是，我們不是約好了嗎！說要一起……一起…………

我的僕人……不可以哭。

相信憑你，總有一天，一定能達到。

達到我們所生活的加速世界……

達到「ACCEL WORLD」的盡頭。

計量表降到剩下五%時終於不再減少。

同時三聖頌的光柱發出一陣格外劇烈的光，貫穿了光明與黑暗的界線。

春雪一邊在壓倒性的失落感中，意識到自己與梅丹佐之間的聯繫已經完全斷絕，一邊放聲呼喊：

「嗚……哇……啊啊啊啊啊啊啊啊啊——————！」

雷射急速衰減，光明與黑暗四散消失，露出整隻右手遭到破壞的MarkⅡ。

春雪仍以左手擁住仁子，緊緊握住伸出的右手。拳頭上產生了一層銀色的光芒，背上的六翼高聲呼嘯。

春雪朝著身受重傷，推進器也停止噴射而墜落的MarkⅡ猛然飛去。

「迪嚕……嚕嚕囉！」

MarkⅡ在憤怒的咆哮聲中伸出了左手，似乎是想再次抓住春雪，只見那凶惡的鉤爪張開到最大。

但春雪更加加快速度，以右拳打穿了巨大手掌的正中央。三根鉤爪被連根扯下，剩下的手腕部分也噴出黑色火焰而爆炸。

還不夠，還要——————更快！

「喔喔喔……喔喔喔喔喔喔喔——————！」

春雪連聲大吼，化為發出純白光芒的流星，撞上巨人的頭部。右拳在保護獨眼的葉片裝甲上打個正著。由六片葉片構成的裝甲板被打出放射狀的裂痕，但並未碎裂，持續抗拒他的拳頭入侵。

MarkⅡ拖著春雪，往四百公尺下方的地面墜落，同時在充滿仇恨的吼聲中舉起了左手。

「嚕嚕嚕迪啊啊啊啊！」

即使手腕以下已經缺損，但要是被這圓木般的手臂撞個正著，只剩五％的體力計量表就會當場被打光。春雪把所有剩下的能量都集中在右拳與翅膀上，已經無法閃避或防禦。他一心一意只想著要用拳頭打穿敵人，拚命往前飛。

獨眼的裝甲板上龜裂越來越多，但仍頑強抵抗。巨人那棍棒似的鋼鐵手臂從右上方帶著轟然巨響揮了下來——

「你想……得美！」

喊出這句話的，是被春雪擁在懷裡的仁子。

也不知道她是何時恢復了意識，只見她俐落地飛身上前，將遍體鱗傷的身體朝MarkⅡ的左手猛力撞去。她全身裝甲散出碎片，卻仍將右手手槍插進鉤爪被打穿的傷痕連射。手臂內部連續發生小規模的爆炸，讓動作停了下來。

「我來壓制它的手臂！」

仁子回過頭來，鏡頭眼發出強烈的光芒。

「Crow！由你來……了結它…………！」

「…………！」

春雪發不出聲音，但他將右拳握緊到極限做為回應。

梅丹佐為了發射「三聖頌」而將自身燃燒殆盡。

仁子嬌小的身體已經遍體鱗傷，卻仍挺身保護春雪。

Pard小姐為了救出被MarkⅡ雙手捉住的春雪與仁子，以「流血砲擊」進行自殺式攻擊，拓武與千百合相信春雪會勝利而在地上等待。楓子、謠、晶，以及黑雪公主，相信也都正為了趕來這個戰場而拚命移動。

不只是這群同伴。

在現實世界的保健室裡忍受ＩＳＳ套件所造成痛苦的Ash Roller／日下部綸。

在與梅丹佐第一型態戰鬥時，從背後支撐住春雪的Magenta Scissor與Avocado Avoider。

與他們並肩對抗Magenta軍軍團的「Petit Paquet」團長Chocolat Puppeteer。

幫助他們從禁城脫身的Trilead Tetraoxide。

與春雪共有災禍之鎧所製造之悲傷的Chrome Falcon與Saffron Blossom，以及「野獸」。

過去曾有許多超頻連線者與春雪交過手。

還有雖然不是超頻連線者，但針對鏡子教了他許多知識的飼育委員會委員井關玲那。給了他飛行勇氣的角鴟小咕。

還有，被困在眼前巨大鎧甲中的宿命對手Wolfram Cerberus。

許許多多……真的是有著許許多多的人和春雪有了聯繫，引導他，給他力量。

那道「紅光」讓仁子的強化外裝變了樣，消除了CerberusⅢ（Dusk Taker）的意識。而這道光的真面目，應該就是蓄積在ＩＳＳ套件本體當中的負面心念能量。是能量本身從藏在中城大樓的本體，傳送到加速研究社的大本營，附著在鎧甲上。

也就是說，存在於春雪面前的獨眼——在這眼睛內部的黑暗中劇烈眨動的紅黑色光芒，就是從被ＩＳＳ套件寄生的人們身上抽取出來的心念結晶。

MarkⅡ的黑暗氣彈與黑暗擊會有那麼無與倫比的威力，也是理所當然。畢竟那是以數十人份的憤怒、仇恨與絕望做為能量來源。

——然而。

——現在，我的拳頭、翅膀，還有心中所蘊含的力量……

「比你這種傢伙，更強……要強上…………！」

右拳迸發出無數重的白銀鬥氣，這些鬥氣籠罩住春雪全身，從六片翅膀化為一道長長的巨大火焰。

「好幾倍……好幾百倍、好幾萬倍啊啊啊啊啊——————！」

保護災禍之鎧MarkⅡ獨眼的葉片裝甲被打得粉碎。

就在春雪的拳頭貫穿漆黑大洞的瞬間，一陣漣漪般的環狀衝擊波往水平方向擴散。

一道白色光柱從圓環正中央銜接起天地似的高高矗立。

春雪完全擊碎了MarkⅡ的頭部，順勢追過停止動作而墜落的巨大身軀，以驚人的速度朝地面衝去。

別說降落，他甚至沒有餘力減速。春雪在不到零點一秒的時間中，推測到自己多半會在第一個坑洞當中又撞出另一個坑洞，同時體力計量表耗盡而死。

但就在距離地面剩下五十公尺時。

裝備在背上的梅丹佐之翼自動產生反向推力。即使如此，速度仍然降得不多，但春雪因而得以喘一口氣，拚命轉換身體方向，同時用自己原有的金屬翼片減速，勉強成功地從雙腳先著地。

他無法完全吸收掉衝擊，體力計量表被扣了一％左右，但是還活著。

上方的四片翅膀微微振動，像是在確認春雪是否生還。

隔著肩膀看去，就看到翅膀無聲無息地變回原來的兩片，接著化為光的粒子消散。

視野左側跑過一串小小的文字，是通知強化外裝「梅丹佐之翼」除裝的系統訊息。因為翅膀原來的主人消滅了，翅膀也就跟著離開了春雪。

春雪覺得有一陣尖銳的哀戚刺痛胸口，只想當場縮起身體，但還是拚命忍住。他還有事情要做。

「仁子……！」

春雪以沙啞的聲音呼喊她的名字，同時仰望天空。

最先進入視野的，就是MarkⅡ無力地攤開手腳掉下來的巨大身軀。它完全失去頭部，被擊碎的裝甲縫隙間露出油煙般渾濁的黑色瘴氣。

巨人的右手被「三聖頌」破壞，從肩膀以下都缺損，但左手大部分都還在。當春雪在左手的前端看到深紅色的反光那一瞬間，立刻拚命放聲大喊：

「仁子！跳下來！」

所幸他的喊聲似乎有傳到，只見深紅色的反光從巨人身上分開。春雪用幾乎軟倒的雙腳，拚命跑向掉往坑洞南側的小小虛擬角色。想來仁子的體力計量表所剩也未必有一成，即使並未被捲入MarkⅡ墜落的撞擊，從那種高度掉下來也一樣會死。

春雪已經沒有力氣飛行，只能以雙腳踉蹌地前進，這時卻有個影子從他左側超了過去。是深紅色的豹型虛擬角色Blood Leopard。她也因為動用必殺技「流血砲擊」而全身受到重創，但仍比春雪快了幾秒趕到仁子的墜落點，跳起來用背部接住了她。

Pard小姐著地後順勢就要往旁一倒，這時春雪追到，用右手支撐住她，同時用左手接住仁子，鏗鏘一聲膝蓋落到地上。

「……………謝啦，Pard……成功啦，Crow，你好厲害……竟然能把那傢伙給轟掉……」

聽到耳邊這麼幾句輕聲細語，春雪勉力擠出了小小的笑容。

「……多虧了仁子幫忙啊，謝謝妳。」

莫大的失落感仍然占據了他的心。將翅膀賦予春雪，在敵陣中化為圖示為他領路，引導他前往「Highest Level」，讓他得以窺見加速世界的真實樣貌——最後更將自身化為光來擊破強大的敵人。這樣的大天使梅丹佐再也不存在了，這讓他實在無法相信。

春雪差點又熱淚盈眶，但他在龜裂的鏡面護目鏡下拚命咬牙忍住。現在的情形還不容許他哭。他抱著仁子搖搖晃晃地站起，轉過身去。

MarkⅡ巨大的身軀正好就在這時墜落到地上。

紅黑色的鋼鐵巨人整個背部猛力撞上自己打出來的坑洞正中央，頭部與左手的傷口，以及各處關節都噴出了大量的瘴氣。

那渾濁的黑煙看似視覺化的心念能量，但寄宿在MarkⅡ身上的「黑暗」本質仍然殘留在它巨大的身軀中。相信就和災禍之鎧MarkⅠ的「野獸」一樣，系統上算是附身在強化外裝上，所以只要鎧甲存在，黑暗就不會消失。要消滅這種黑暗，只有一個方法。

「小春————！」

正好就在這時，後方傳來呼喚他的聲音。接著是大小各一的腳步聲。

春雪再度轉身一看，就看到Lime Bell與Cyan Pile從坑洞南側的斜坡跑下來。春雪也揮動右手招呼，同時擠出最大的音量回應：

「小百！阿拓！這邊！」

千百合揮手回應，幾秒鐘內就跑到春雪等人所在的地點，先大大喘了一口氣之後才說：

「抱歉，我來晚了。一直找不到可以打壞的建築物……」

「不用擔心，戰鬥……正好剛結束。」

春雪鼓動差點發顫的嗓音這麼回答，然後轉身面向坑洞正中央。

五人默默看著瀕死的巨人好一會兒。瘴氣看似幾乎完全散盡，只剩頭部的傷痕仍然冒著淡淡的黑煙。不知道是不是錯覺，總覺得連鎧甲的尺寸都變小了些。手腳持續無力掙扎的動作也漸漸變得緩慢。

「……小百，麻煩妳了。」

「時鐘魔女（Watch Witch）」Lime Bell深深點頭回應春雪的話，然後往前踏上幾步。

她高高舉起左手的「聖歌搖鈴」，往逆時針方向大大轉動兩圈，讓像是學校鐘聲的音色迴盪在整個坑洞當中。

「香櫞（Citron）……鐘聲（Call）——！」

黃綠色的光芒從揮下的大型手搖鈴中溢出，籠罩住躺在地上的巨人。

上次MarkⅡ在這個階段變形成「無畏號」模式，以機動力甩開了香櫞鐘聲的效果。但現在巨人別說變形，似乎連站起的力氣都沒有。即使受到光芒籠罩也只微微扭動全身，沒能逃開。

七秒、八秒、九秒……

十秒。

籠罩住MarkⅡ的光芒變得格外強烈。

以虛無屬性雷射讓他們陷入苦戰的雙手，嚴格說來是剩下的左手下臂化為無數光芒消散。同時被春雪以左手抱住的仁子，也被同樣色調的光芒籠罩住。因為「無敵號」的主砲組件，已經透過香櫞鐘聲的時間回溯能力，回到了原來的持有者手中。

再過十秒鐘，這次換MarkⅡ的雙腳消失，只剩下流線型的駕駛艙部分，以及背上的推進器部分。

Lime Bell以右手按在左手大型搖鈴，纖細雙腳踏穩了腳步的姿勢，持續放射鮮綠色的光芒。春雪看著兒時玩伴嬌小卻可靠的背影，忽然在心中有了個想法。

有沒有辦法用香櫞鐘聲，把梅丹佐消滅的事實倒轉回去呢？從某個角度來看，梅丹佐等於是附身在春雪身上，所以只要回溯春雪的狀態，說不定……

MarkⅡ龐大的身軀第三次發出強烈的光芒，那甲殼生物狀的軀幹就此消失。因為駕駛艙部分回到了仁子身上。緊接著就聽到鏗一聲金屬悶響。

春雪一直凝神觀看坑洞正中央，這時不由得倒抽一口氣。因為一個有著灰色金屬裝甲的纖細虛擬角色就倒在那兒。

Wolfram Cerberus。他是受到離奇命運戲弄的對戰天才，同時也是春雪的好對手，以及他重要的朋友。

那有著許多尖銳邊緣的造型與堅硬的裝甲質感，都在在顯示出他無疑就是Cerberus，但他背上有著四根翅膀似的突起。這是能美複製體（CerberusⅢ）從仁子身上搶走的最後一件強化外裝——高速移動用的推進器部分——配合Cerberus的體格而縮小後的模樣。

香櫞鐘聲的光芒持續牢牢捕捉住Cerberus。只要再過幾秒鐘，推進器就會回到仁子身上，災禍之鎧MarkⅡ也將完全消滅。

不只是春雪，其他四人也有了這樣的確信——

就在這一剎那間……

坑洞正中央發生了一個誰也料不到的現象。

失去意識而倒在地上的Wolfram Cerberus，就像沒有實體的投影一樣突然憑空消失。

「咦……？」

千百合大叫一聲，看看四周。春雪也在驚愕中放眼望向坑洞四周，但哪兒都找不到Cerberus的身影。

從躺在地上的那種姿勢，要用讓他們五人都看不清楚的速度移動，是絕對辦不到的。怎麼想都覺得只可能是他真的突然從空間中消失了。

香櫞鐘聲失去目標，光芒迅速衰減、中斷的同時，春雪懷裡的仁子尖銳地啐了一聲。

「……嘖……原來如此，這可被擺了一道……！」

「咦……被擺了一道，這是怎麼說……？」

春雪趕緊反問，紅之王就懊惱地握緊受傷的右手說：

「那些傢伙……從現實世界切斷了Wolfram Cerberus的連線。從剛剛那種消失的情形來看，只有可能是這樣。」

「原……原來如此……！」

拓武也壓低聲音，遺憾地說了這麼一聲。

「我就覺得Black Vise和Argon Array未免撤退得太乾脆……沒想到他們還有這一手……」

「……！……」

春雪凝視著坑洞正中央的裂痕，同時咀嚼著驚愕與恍然。

從Argon Array的口氣聽來，春雪早就覺得她在現實世界或許也有辦法干涉Cerberus。但他萬萬沒想到對方會這麼毫不遲疑地發動強制斷線，而且理由一定不是為了救Cerberus……

這時春雪的震驚才總算變成擔憂，趕緊問拓武說：

「那……那阿拓，仁子的最後一件強化外裝……」

回答春雪的不是拓武，而是仁子自己。

「既然他從無限制空間裡整個消失，我們根本就沒轍。也只能把推進器暫時交給那些傢伙保管了啊……」

「怎……怎麼這樣……！」

「沒辦法啦，現在光是能拿回駕駛艙、主砲和腳就該覺得慶幸了。而且飛彈發射器也沒被搶走。」

「怎……怎麼這樣……………」

聽仁子說得這麼乾脆，春雪也不能再說什麼。

紅之王從懊惱的春雪左臂上輕巧地跳了下來，走上幾步，手摸了摸Pard小姐的背。豹型虛擬角色也懊惱地瞪著坑洞正中央，但她也是老手玩家，相信她也已經理解到現在他們根本束手無策。只聽她發出嚕嚕兩聲低吼回應仁子後，轉身面向春雪等人。

紅之團「日珥」三獸士（Triplex）之一的Blood Leopard，以及團長Scarlet Rain，同時深深一鞠躬。

過了一會兒，她們恢復直立姿勢，仁子依序看著春雪等人說：

「……Silver Crow、Cyan Pile，還有Lime Bell，都是因為我這麼不中用，才會害得你們這麼辛苦……」

「仁子……妳這麼說太見外了啦！」

千百合則一邊亂揮右手一邊回答。

「我們不是朋友嗎！遇到有危險的時候，當然要互相幫助啊！」

接著拓武也說：

「就是啊，紅之王。我們以前也曾經承蒙妳們兩位幫過好幾次。」

春雪當然也想說話，但他的回合又被千百合搶走了。

「而且我才該道歉，對不起，我沒能把妳的強化外裝全部搶回來……要是我再早一分鐘，不對，只要再早三十秒集滿必殺技計量表，就可以趁那些傢伙拔掉Cerberus的線以前，先把最後一件也回溯回來了……」

「妳這話才叫見外啊，Bell……不對，呃，這個……」

仁子說到這裡卻忽然停頓下來，一邊用右手手指搔著滿是傷痕的頭部天線一邊問說：

「……我說啊，我該怎麼稱呼妳？不要虛擬角色名稱，最好是從現實中的名字來取。」

千百合先瞪大了眼睛一會兒，才難為情地用手指摳了摳尖帽帽簷。

「哎呀，怎麼叫都行啊……黑雪學姊就叫我『千百合』，楓子姊姊還叫我『千子』……」

「這……這樣啊。那我考慮一下……總之真的謝啦。」

仁子再度道謝，拓武也清了清嗓子後對她說：

「紅之王，我也是隨妳怎麼稱呼都行。」

「你明明就已經有個響亮的稱呼了吧，博士？」

「…………呃……是啊，那就這樣吧。」

這段對話讓千百合哈哈笑了幾聲，氣氛也緩和了些。

春雪也放鬆了肩膀的力道，再度低頭看看坑洞底部。

Wolfram Cerberus就這麼裝備著組成「無敵號」的最後一個組件，透過強制斷線離開了無限制空間。也就是說蓄積在災禍之鎧MarkⅡ上的心念能量，雖然大部分都已經消散在虛空中，但仍以物品的型態存在於Cerberus的物品欄中。

不知道這些黑暗是否就像MarkⅠ的「The Disaster」經過淨化而變回「The Destiny」那樣，從推進器組件中消失？還是說，這些從ＩＳＳ套件本體上移過來的邪惡雖然被削弱，但仍然潛藏在強化外裝之中呢？現在他們還不知道這個問題的答案。

——Cerberus，還有仁子。

——我向你們保證，我會把MarkⅡ完全消滅，讓最後一個組件也回到該回的地方去。我一定會做到。

幾乎就在春雪內心深處發下這個誓言的同時，拓武手中發出「啊……！」的一聲。眾人注目之下，藍色的大型虛擬角色朝仁子踏上一步。

「說……說到這個……不只是Cerberus，紅之王的連線也差不多要被切斷了吧？」

「我？為什麼？」

相較於瞪大眼睛的仁子，千百合與Pard小姐則露出才剛想起有這麼回事的表情。

「因為現在軍團長和Raker姊她們，應該已經從中城大樓的傳送門回到了現實世界，為的就是拔掉紅之王的傳輸線。這是小春指示的。」

聽拓武這麼說明，春雪趕緊插嘴說：

「這……這不用擔心……吧。因為學姊她們四個人都正從中城大樓趕往我們這邊。我想她們一定是注意到MarkⅡ的砲擊，才會全都一起過來。」

「為什麼小春會知道這種事？」

千百合會這麼問也是理所當然，但他實在無法三言兩語就回答完。因為春雪之所以注意到黑雪公主等人在移動，是因為他被梅丹佐帶去「Highest Level」，從那裡俯瞰整個加速世界。能夠把這件事說明清楚的就只有梅丹佐，但她再也不會對春雪說話了。

春雪勉強壓住再度上衝到喉頭的嗚咽，說道：

「晚點我會跟你們解釋，總之學姊她們就快要從那邊趕到……」

說著指向坑洞北方，眾人也跟著望去。

幾乎就在同時，有黑色的影子從被挖得極為平滑的坑洞邊緣現身。一個、兩個、三個、四個……五、六、七……

春雪啞口無言地仰望圍繞坑洞而不斷增加的影子，想起之前也遭遇過類似的光景。

那是在五個月前，他們接受仁子的委託，和她一起前往無限制空間中的池袋戰區捕獲第五代Chrome Disaster——Cherry Rook時所發生的事情。春雪等人當時遭到黃之王Yellow Radio所率領的「宇宙祕境馬戲團（Crypt Cosmic Circus）」奇襲，陷入全軍覆沒的危機。

春雪倒抽一口涼氣，以為又要重演當時的情形，但立刻發現不對。這些影子的形狀全都和對戰虛擬角色大不相同，而且當中有些影子大得不可能是對戰虛擬角色。也就是說，這些影子是……

「……不會吧，那些全都是公敵？」

聽千百合這麼說，春雪才為時已晚地想起這件事。

朝這個坑洞前來的，並不是只有黑雪公主等人。被心念的「聲響」吸引來的大小公敵，也正從四面八方集結過來。儘管多半都是小獸級（Lesser Wild），野獸級只有兩三隻，但他們當然沒辦法同時對付這麼多公敵。

「呃，也是啦，像那樣狂用心念技，當然會搞成這樣啊。」

仁子這麼說完，變回人形的Pard小姐終於在事隔多時後開口說話了：

「ＮＰ，Crow可以帶我們所有人飛走。」

「包……包在我身上！」

——畢竟現在的我有梅丹佐之翼……

——不對，已經沒有了啊……

每次想起和大天使永別，落寞就讓一顆心變得十分沉重，但現在不是哭哭啼啼的時候。裝備梅丹佐之翼的時間還不到一小時，卻覺得背上變得好輕。春雪在這樣的背上灌注力道，張開了兩片銀翼。如果只是要帶四個人飛出坑洞，只靠飛行能力應該也辦得到。

「大家！抓緊我！」

春雪張開雙手這麼一喊，眾人就和先前回避MarkⅡ雷射時一樣，Pard小姐與仁子跑來抓住他的右手，拓武與千百合抓住左手。春雪以不惜耗盡剩下所有必殺技計量表的力道振動翅膀起飛……

「嗚…………」

好重。

不，不是負重造成的。是翅膀的推力上不去。

不但連續多場激戰損傷了金屬翼片，精神力方面的消耗也削弱了飛行力。儘管不到心念系統的地步，但Silver Crow的飛行能力主要是靠想像迴路來控制，所以要發揮極限領域的出力時，無論如何都會受到精神層面的影響，無論是往好或壞的方向影響。

但春雪仍然勉強上升了十公尺左右，只是公敵當中具備遠程攻擊能力的種類也不少。要安全逃出坑洞，就必須飛到三倍左右的高度。

「唔……喔…………」

春雪一邊低吼，一邊拚命擠出翅膀的推力。但這樣的舉動只是平白多消耗必殺技計量表，高度遲遲拉不上去。

而且從翅膀發出的不穩定高頻音波似乎刺激到了這些公敵，圍住坑洞的公敵大小共有二十隻以上，只見牠們發出奇怪的吼聲，開始往下坡奔來。

「小……小春，要不要緊啊？」

拓武不安地問道。

「小春，加油！」

千百合出聲鼓勵。換作是平常，兩名兒時玩伴的話語最能帶給他能量，但現在氣力卻被心中開出的大洞吸走。到了這個時候，他才自覺到飛不起來的理由，並不是只出在翅膀所受的損傷與精神上的消耗。

不行，我沒辦法繼續飛了。至少，得先找個可以獨處的地方放聲大哭一陣才行。

「……大家，對不起……」

就在春雪小聲道歉，無力地準備下降之際……

天上突然灑下一陣紅雨。

無數火線圍繞著春雪等人落下，一命中坑洞內部，就接連竄起紅蓮火柱。被火焰包圍的公敵迷失了目標，發出尖銳的吼聲四處亂竄。

儘管只是一時，但震驚的確讓春雪忘了氣餒，維持不穩定的懸停之餘，抬頭仰望正上方。

結果他在染成晚霞色的傍晚天空背景下，看到了一條閃閃發光飛來的水藍色光芒。

「『超空流星(Strat Shooter)』。」

緊貼在春雪左側的Pard小姐低聲說出這個字眼。她不可能會看錯，那道光是Sky Raker的強化外裝「疾風推進器」的噴射火焰。

在他們五人仰望的視線所向之處，流星突然一分為二。分出的一道光芒，有著比晚霞更深的緋紅色。

朝著春雪等人直線落下的光芒，立刻現出對戰虛擬角色的模樣。這人有著一身仿白衣紅袴褲的裝甲與長長的頭髮裝甲片，右手拿著大型的弓箭。

「緋色彈頭」Ardor Maiden在下墜的同時，拉緊長弓「火焰呼喚者」，用連春雪等人都聽得見的音量大聲喊出招式名稱：

「『火焰漩渦』！」

這次她只射出了一枝火焰箭，但這枝箭轉眼間就化為螺旋狀的巨大火焰長槍，插在從南側試圖再度展開衝刺的野獸級公敵鼻頭。

這一箭的威力當然比不上打出這個坑洞的MarkⅡ虛無屬性雷射，但仍然引起了一陣令人覺得空對地飛彈也不過如此的大爆炸，將春雪等人推往北側的同時，也讓野獸級公敵龐大的身軀翻倒在地。

Ardor Maiden利用自己製造的爆炸減緩墜落的勢頭，在坑洞底端重重落地，緊接著就抬頭看著位於她七公尺上空的春雪等人大喊：

「鴉鴉！請你們從那邊離開！」

她小小的手指向坑洞的北側。但那邊也有包括蠍子狀野獸級公敵在內的五六隻公敵，已經跨過第一波火焰逐漸接近。蠍子的尾巴高高舉起，就算飛過去多半也躲不過那凶惡的毒針。

但春雪聽到Maiden指示的瞬間，就奮起萎靡的氣力朝北飛了過去。即使無法垂直攀升，但如果只要做出半滑翔的水平移動——而且在有著謠與楓子來救援的現在，相信是辦得到的。

春雪以右手抱住拓武，左手抱住Pard小姐，傾全力加快速度衝刺。地面上的Ardor Maiden也發揮小型虛擬角色的輕快腳步往前飛奔。

去路上的蠍子型公敵察覺獵物接近，凶猛地舉起了左右雙螯與又長又粗的尾巴。謠立刻拉弓連射火焰箭。幾枝箭分毫不差地射中蠍子身上各處，將公敵籠罩在火焰中，但蠍子仍不停下動作。

「不妙啊，那傢伙的外殼有抗火能力……」

仁子沉吟著將手伸向腰間的手槍，但有個現象搶在她拔出槍之前發生。

蠍子後方灑下大量的水，潑在熱得發紅的甲殼上而瞬間蒸發。

純白的蒸汽形成濃密的煙霧，遮蔽了蠍子與四周小型公敵的視野。地上的Maiden毫不遲疑地衝進蒸汽當中，春雪也為了趁機穿過蠍子上空而拚命飛行。

就在春雪飛得搖搖晃晃，但仍然勉強要穿出公敵群包圍的那一剎那……

蠍子的尾巴貫穿正下方的白煙而猛然竄起。尾巴本身似乎有導向能力，只見黑得發亮的毒針精準地刺向春雪胸口。春雪已經無法閃躲或防禦，一定會被打下去。不，體力計量表本身就會先扣光——

蒸汽下方突然閃出深紅色的強烈閃光。

同時聽見一聲苛烈而堅毅，幾乎直貫心底的喊聲。

「『死亡擁抱（Death By Embracing）』！」

蠍子型公敵的尾巴一瞬間就被連根截斷，連眼看就要刺穿春雪的毒針，都像玻璃工藝品似的應聲碎裂。

野獸級（Wild）公敵發出尖銳的哀嚎，痛得在地上亂竄，把四周的小獸級（Lesser）都牽連進去。

春雪一邊穿過飄散在空中的無數碎片前進，一邊凝神觀看下方。

結果看見敏捷地躲開蠍子腳而前進的Ardor Maiden——以及一個在她身旁飛馳的漆黑虛擬角色。

黑之王「絕對切斷（World End）」Black Lotus。

既然如此，那麼先前灑下大量的水而製造出蒸汽煙霧的，多半就是「唯一的一（The One）」Aqua Current。留在中城大樓的這四個人，多半是在和ＩＳＳ套件本體交戰並加以擊破之後，不眠不休地又趕來這間學校，為的就是救春雪他們。

在七公尺下方往同樣方向飛馳的黑雪公主，虛擬角色的四肢劍尖都已經碎裂缺損，全身裝甲也遍體鱗傷。相信謠、飛在高空的楓子，以及在坑洞邊緣等待的晶肯定也都已經元氣大傷。

「……學姊……師父……小梅……可倫姊……！」

春雪呼喊她們四人的名字，藉此奮起幾乎耗盡的氣力。他拚命沿著平緩的斜坡上升，左右方的同伴也都朝他呼喊。

「小春，就快到了！」

「小春加油！」

「Crow，你飛得到的！」

「WTG（加油），Crow！」

眾人的聲援與沉重的地動聲重合。是公敵群從傷害與混亂中重整態勢轉頭追了過來，距離逃出坑洞還有三十……二十公尺……

「唔……喔……喔喔喔！」

春雪在喊聲中卯足最後一絲氣力，飛完了剩下的距離。

就在飛過尖銳得像是用刀削成的坑洞邊緣，來到寬廣道路正上方的瞬間，必殺技計量表與精神面的能量同時耗盡。春雪連視野都變得昏暗，更沒有餘力採取降落姿勢，一頭往前栽下。

但就在他即將一頭撞上路面之際，左右方各伸來一條強而有力的手臂拉住了他。是拓武和Pard小姐用自己的腳著地的同時伸手扶住春雪。

「GJ。」

Pard小姐應該緊貼著自己，但她說話的聲音聽起來卻好遙遠。身體好沉重，手腳都完全使不上力。

但現在不是累癱的時候了，超過二十隻的公敵群想必也會立刻爬上坑洞的斜坡追來。得趁暫時逃出牠們視野的空檔，儘可能拉開距離才行。

春雪拚命想站起，然而——

一隻堅硬、鋒銳，卻帶著幾分溫柔的「手」，輕輕拍了拍他的肩膀。

「Silver Crow，你很努力。」

「…………學、姊……」

春雪以沙啞的聲音呼喊，同時勉力抬起頭。

拓武與Pard小姐輕輕扶起他的身體。黑雪公主踏上一步用雙手接過春雪，輕輕擁抱他。耳邊再度聽到她說話的聲音。

「之後就交給我們，你去休息吧。你已經漂亮地打完了自己的戰鬥。」

「……可是，後面，有公敵……」

「不要擔心。你最艱苦的時候我都沒能幫到你，至少讓我幫你殺出一條退路。」

黑雪公主這麼一說，與她一起爬上斜坡過來的謠就補上幾句：

「多虧鴉鴉這麼努力，我還活力充沛得很！」

接著神出鬼沒現身的晶也說：

「之後全部由我們負責。」

最後由在一陣輕快的驅動聲中從天而降的楓子做出結論：

「鴉同學你們好好休息吧。」

公敵群飛奔而來的地動聲已經非常近了。黑雪公主把春雪交給拓武後，發出喀一聲清脆的聲響轉身，站在坑洞邊緣。謠、晶與楓子也分別踏上她左右。

並肩而立的四人，身上的傷勢比起春雪等人是有過之而無不及。從疾風推進器換乘到輪椅上的楓子，更是雙腳膝蓋以下的部分都缺損了。

但黑之王與四大元素的背影中，看不出絲毫的恐懼或退縮。仁子在春雪身旁輕聲說道：

「真的是比不過她們啊……」

沒錯，真的是比不過。春雪也在心中這麼說。

唯一要做的就是一心一意地對戰。這是超頻連線者最基本也是最終極的信條，而黑雪公主她們就徹徹底底貫徹這個信條。

只要有敵人擋在前面，只要還能握住拳頭，只要自己還存在，就要奮戰。持續奮戰。

——可是，我也……

——我也還有要對抗的敵人。搶走仁子強化外裝中的最後一個組件，持續束縛Wolfram

Cerberus的加速研究社。以及不僅使役許多公敵，甚至還玩弄點數耗盡的超頻連線者所留下記憶的研究社社長。

——雖然現在我光是站著就已經沒有力氣做別的事，但以後我也要繼續對抗那些傢伙。然後總有一天，我要攻破禁城城門，攻略八神之社，拿到最後一件神器。為了得知黑雪公主……還有梅丹佐所尋求的世界盡頭是什麼模樣。

在負傷的蠍子型公敵帶領下，大批公敵來勢洶洶地跳過了坑洞邊緣。

黑雪公主、楓子、謠與晶的全身迸發出鮮明的光芒。

四人重合在同一個點上的大招，將整群公敵一齊轟得飛起。這群異形發出尖銳的吼聲摔落到坑洞底部，手腳亂揮地掙扎了幾秒，但即使站了起來，也像喪失了戰意似的不再動彈。

黑雪公主確定公敵群不再追來，以響亮而堅毅的嗓音宣告：

「看來今天這場大戰就到這裡結束了。最近的傳送門，位於一公里外的都立中央圖書館。來……」

說著將右手劍筆直指向北方。

「我們回去吧。回現實世界去。」

5

Aqua Current救出任務、ＩＳＳ套件本體破壞任務，以及突發性的紅之王奪還任務與災禍之鎧MarkⅡ破壞任務。完成這四個任務在無限制中立空間中所花的時間，合計約為十二小時三十分鐘。

也就是說，當春雪回到現實世界當中的梅鄉國中學生會室，緩緩睜開眼睛，掛在正面牆上的類比時鐘只從作戰開始時刻的午後十二點二十分十秒前進了五十秒。考慮到救出Current後曾經先回來再重新加速，過關速度可說相當快。

他有過幾次長時間連進無限制中立空間的經驗，但從來不曾有哪次像這次一樣，對以一千倍速度流動的時間密度感受得這麼深切。明明是在加速，卻覺得現實世界裡已經過了好幾天。

將視線從掛鐘上移開，就聽到籠罩整間學校的熱鬧喧囂聲。他先眨了眨眼，納悶是怎麼回事，然後才想了起來。今天——六月三十日，梅鄉國中正在舉辦一年一度的校慶。

他們上午才去了田徑隊的攤位吃了可麗餅，又跑去看各間教室的展示，還看了劍道社的武士之舞，但這些記憶也並未立刻甦醒。記得他們是在劍道道場前面和拓武會合，決定到運動場上的攤販區吃午餐，於是眾人一起從樓梯口去到前庭時……

日下部綸昏倒了。

「…………！」

春雪的意識到這時才完全覺醒，讓靠在沙發椅背上的上半身彈了起來。四周可以看到和他並兼作戰的伙伴們也連連眨眼伸展雙手，但春雪想搶先一步起身，結果被坐在右側的楓子按住肩膀。

「師……師父，我去一趟保健室……」

「我知道，我也去。在這之前……」

楓子露出滿面微笑，從春雪的神經連結裝置上拔掉了緊急斷線用的ＸＳＢ傳輸線。要是剛才就那麼猛力站起，也許已經弄壞了接頭。春雪縮起脖子，等楓子拔掉她自己的傳輸線。

兩人同時站起，離開沙發套組後，轉身面向黑雪公主：

「對不起，學姊，我知道有很多事情要報告……」

「嗯，趕快去看看她吧。相信日下部也在等你。」

「我……我這就去！」

春雪對笑著點頭的黑雪公主一鞠躬，快步走向門口。身後的楓子接著補上一句：

「我們五分鐘就回來。」

春雪聽了後不免擔心起日下部同學能不能那麼快起來，但眼前也只能先去看看情形再說。從第一校舍一樓西端的學生會室，要去到位於第二校舍一樓東側的保健室，距離相當遠。春雪儘可能快步在擠滿園觀校慶來賓的走廊上前進，同時對身旁的楓子小聲問說：

「師父，請問一下。師父和學姊妳們已經把ＩＳＳ套件破壞了吧？」

「算是這麼回事吧，雖然還有另一個人幫了我們一把。」

「咦？是誰啊？」

「這件事我們晚點再說。現在最令人放心不下的……就是即使完全破壞了本體，套件的終端機也並未消失。」

「咦……咦咦？」

這豈止是令人放心不下，根本是天大的問題。春雪太過震驚與擔憂，腳步一個錯亂，楓子輕巧地伸手拉住了他的右手將他扶穩。楓子就這麼和他手勾著手，把臉湊過來輕聲說：

「對不起，讓你擔心了。從結論來說，雖然終端機並未消滅，可是已經遭到了封印。所以，所有ＩＳＳ套件終端機都已經被癱瘓，對綸的精神干涉應該也已經停止了……」

「封……印是嗎……」

既然已經癱瘓，那麼管他是消滅還是封印，應該都沒有問題，但從說法上就讓人覺得有些不乾脆卻也是事實。

但在這裡東想西想也不是辦法。只要看看綸的臉，那一瞬間應該就會知道。知道一切是否已經結束。

一想到這裡，兩人的室內鞋就踏上了聯絡走廊與第二校舍之間的界線。往右彎過不再人來人往的走廊，立刻就看到保健室的門。

楓子放開與春雪勾住的手，在他背上輕輕推了一把。春雪深深吸一口氣，手指放到門把上輕輕開了門。

「打擾了……」

春雪以沙啞的聲音打了這麼一聲招呼，面向室內正面一張桌子的保健室老師堀田三都就回過頭來微微一笑。

「你還真的是馬上就回來了呢。」

……馬上？春雪差點就想這麼反問，緊接著才想起是怎麼回事。春雪把在前庭昏倒的綸抬來保健室之後，對堀田老師說「有點事要辦，馬上就回來」，然後就趕往學生會室。

而他們連進無限制空間，與諸多強敵展開一場又一場的激戰才總算回來，所以主觀上實在不覺得是「馬上就回來」。但對堀田老師而言，這當然只是幾分鐘前的事，所以春雪也只能點點頭說：「是……是啊。」

於是老師用視線催他過去，春雪也就先一鞠躬，然後從保健室中間穿過去，來到一張被拉簾隔開的床前。

純白無瑕的布簾另一頭鴉雀無聲。

春雪準備在拉開拉簾前先打一聲招呼，但張開嘴卻不知道該說什麼才好。不知道綸是不是在睡？不知道ＩＳＳ套件的干涉是不是確實停了？春雪他們的戰鬥，是否真的驅逐了侵蝕加速世界的黑暗……

「綸，我要拉開拉簾囉。」

楓子替春雪說了這麼一聲，然後伸出手去。

拉簾在輕快的聲響中拉開，接著就看到劃出曲線的床罩，以及床罩下一頭有點捲翹的短髮。春雪和楓子一起走進去，先拉上拉簾，然後繞到床頭去。

床上有著日下部綸右臉頰貼上枕頭，閉著眼睛的側臉。

她的睡臉很適合用天真無邪來形容。但能夠判斷ＩＳＳ套件的干涉是否已經消失的，就只有當事人自己。楓子用指尖輕輕摸摸她的頭，輕聲叫了一聲：

「綸……」

結果她那又軟又長的睫毛一震，微微抬起。

綸先眨了兩三次眼睛，才讓雙眼睜開七成左右。

顏色較淡的虹膜上，有著一層朦朧的光芒在搖曳。這雙眼睛先捕捉住楓子，接著再捕捉住站在她身旁的春雪。

「……日下部同學……」

春雪幾乎只用嘴唇動作喊了這麼一聲……

綸就露出淡淡的微笑，以細小卻堅定的聲音回答：

「……有田同學……楓子師父…………我在夢裡……聽到你們兩位的聲音。還有其他很多人的聲音。聽到這群為了保護我……不，是為了保護加速世界而拚命奮戰的人的聲音……」

「綸。」

楓子彎下腰，雙手捧住綸小小的臉蛋，以溫柔但又微微緊繃的嗓音問說：

「綸……情形怎麼樣？」

所謂情形怎麼樣，問的當然是ＩＳＳ套件的干涉是否已經停止。

被問到這個問題，綸的雙眼蘊含了多個光點，一邊搖曳一邊匯集，形成發出純白光芒的水珠從臉頰上流過。

但這不是痛苦或悲傷的眼淚。即使綸什麼話都不說，春雪仍然看了出來。

「……謝謝妳，師父。謝謝你，有田同學。我……我好像，還可以，繼續當超頻連線者。」

「…………綸。」

楓子也眼角含光，雙手扶起綸，將她牢牢擁在懷裡。春雪看著這幅光景，也同樣覺得雙眼發熱。

這對師徒相擁了足足十秒鐘以上才分開。當綸轉過頭來，春雪就開口想對她說聲「太好了，日下部同學」。

但綸一將她纖細的雙臂筆直伸來，春雪就忘了要說什麼，呆呆站住不能動。

結果楓子面帶微笑，同時以不容抗拒的力道在他背上推了一把。春雪往床邊踏上一步，身體被綸圈進雙臂之中。當他意識到柔軟、溫暖與一陣淡淡的花香，思考就這麼停住——

他本以為會停住，但這次並未如此。因為春雪心中一股壓倒性的放心、喜悅，以及一種不可思議的惆悵，把平常會發生的慌張與震驚擠了開去。

春雪舉起雙手，輕輕碰了碰綸嬌小的背。然後朝著近在眼前的耳朵輕聲細語地說：

「太好了……真的是，太好了。」

折磨日下部綸的ＩＳＳ套件精神干涉，已經完全消失了。春雪這時才總算有了確信。

嚴格說來，在中城大樓與ＩＳＳ套件本體戰鬥並加以破壞的，是黑雪公主、楓子、晶與謠等四人。所以要救綸以及她的「哥哥」Ash Roller的約定，春雪自己也許並未遵守。

但現在他能夠坦然認為不需要拘泥這種小事。蒙大天使梅丹佐帶去見識過「Highest Level」的現在，他就能夠這麼去想。

加速世界遠比春雪想像中更廣、更深、更大。

同時也更加脆弱、易壞、虛幻。

在這樣的世界裡，有著一個個超頻連線者就像小小的星星一樣拚命發光。由多人聚集成太陽系，多個太陽系聚集成星團，多個星團聚集成銀河系。

超頻連線者的對戰，就是在銀河中脈動的生命跡象。每個人都認真地對戰，有勝有敗，有喜悅也有懊惱，讓遼闊的黑暗中產生了光、聲音與故事。

無論是綸還是春雪，若與加速世界的規模相比，都只是個實在太渺小的星星——但他們不是孤身一人。無論什麼時候，只要伸出手去，都有心靈相通的伙伴。

在Highest Level看到的並列世界「ACCEL ASSAULT」與「COSMOS CORRUPT」當中，所有的星星都已經消失。儘管春雪還不知道造成這種結果的理由，但他強烈地認為不能讓「BRAIN BURST」世界也走上同樣的末路。

到了現在，春雪覺得自己多少能夠理解綠之王Green Grandee之所以長年來持續隨機配發點數的動機。

他是在抗拒。抗拒加速世界這套要人相互爭奪超頻點數，有人一失去所有點數就立刻排除的規矩。他只靠自己一個人，就想保住名為BRAIN BURST的這整個銀河系。

春雪如果只靠自己一個人，多半連小獸級（Lesser）公敵都打不贏，要學Green Grandee實在學不來。

但他能夠和在他附近形成同一個太陽系的星星互相幫助，一同邁進。

相信這樣可以讓太陽系變大……甚至有朝一日變成星團。

「日下部同學，沒有就這麼消失……真的是太好了。」

春雪雙臂更加用力，在顫抖的嗓音中灌注萬般感慨，說出這句話來。

「我也很慶幸……能像這樣，再見到……有田同學。」

耳邊聽到綸以微微濕潤的輕聲細語回答。

緊接著——

「你們兩個要抱到什麼時候？」

兩隻手跟著這句話伸了過來，把春雪和綸分開。兩人不約而同地轉頭一看，就看到楓子拿他們沒轍似的笑容。

春雪這才認知到自己行為太過大膽，看看綸，又看看楓子，支支吾吾地發出破嗓的聲音：

「呃……對……對了，師父對學姊他們說五分鐘就回去，所以我們差不多該回去了……日下部同學，妳能走路嗎？還是在這裡多休息一下比較好？」

「用不著的，鴉同學。」

楓子在床邊一張放了沒收的折疊椅上坐下，小聲說下去：

「剛才小幸寄了郵件來。說是學生會室只能用到十二點三十分，所以會議就透過校內區域網路以正規對戰進行。對戰由小幸開，對手是我，你們兩個只要設定觀戰進來就好。」

「啊，了……了解。」

春雪在楓子身旁的椅子上一坐好，綸也跟著在床上以輕鬆的姿勢跪坐好。今天是校慶，所以不是梅鄉國中學生的綸也能得到許可，以受限的方式連進校內網路。另外楓子是綸的「上輩」兼師父，所以想必早已設定好自動觀戰。

「還有十秒鐘。」

楓子這麼宣告，然後背靠到椅背上。春雪也以輕鬆的姿勢等待加速。

他不經意地朝床上的綸一瞥，就看到她滿懷愛惜地用指尖摸著神經連結裝置機殼上那道閃電狀的裂痕。

就在春雪再次覺得慶幸的那一瞬間，啪一聲的加速音效迴盪在整個腦海中。

燦爛的陽光從萬里無雲的藍天灑下，而承受陽光的地面，放眼望去也是一片蔚藍。因為整個空間都被水覆蓋住。

這是自然系水屬性的「水域」空間。和「大海」空間不同的是水深只有十公分左右，所以不會讓虛擬角色滅頂，也起不了太大的波浪。

建築物全都只由被太陽曬得發白的水泥骨架構成，小小的水波在骨架間流過的模樣雖美，卻又帶著點寂寥。超頻連線者當中，似乎也有人稱之為「漂亮版的世紀末空間」。

春雪出現在一座高十幾公尺，寬約一百公尺的水泥骨架——也就是梅鄉國中的第一校舍上，先看著這水世界的光景看得出神良久，才開始四處張望。觀眾會隨機配置在兩名對戰者其中一名的附近，所以照理說楓子或黑雪公主應該就在附近，但怎麼看都找不到她們兩人。

春雪心想那不如就看看顯示在視野下方的兩個箭頭游標，結果發現兩個游標都指向春雪的正面。但即使往前看，也只看到成了寬廣無人水面的校庭閃閃發光。

「奇怪，是在哪裡啊……是已經跑出學校了嗎……」

春雪從水泥骨架邊緣探出上半身這麼喃喃自語後——

「是Real Down啦。」

就聽到身旁有人說了這麼一句話。春雪專心看著校庭外的街區，下意識地問說：

「這是什麼意思？」

「YOU問這不是廢話嗎？Real是『真』，Down是『下』，合起來不就是真下嗎？」（註：日文中的「真下」是指正下方）

「這……這好像有點不對……」

「Really？不然英文正下方要怎麼說？」

「呃……是Right under之類的嗎……」

春雪一邊心不在焉地聊下去，一邊照這人所說，朝校舍正下方看去，就看到兩名女性型虛擬角色面對面站著。一邊有著黑水晶似的黑，另一邊則有著海藍寶石般的水藍色，無疑就是Black Lotus與Sky Raker……

「————！」

這時春雪猛然抬起頭來，又猛然轉頭往右看。

結果看到一個雙手抱胸，個子有點高大的男性型虛擬角色。

他穿著一身鉚釘很多的騎士皮衣，頭上戴著仿骷髏造型的安全帽。儘管並未跨坐在他引以為傲的美式機車上，但這個人只可能是日下部綸的「哥哥」——世界末機車騎士Ash Roller。

他被Magenta Scissor親手將ＩＳＳ套件植入堪稱他分身的機車，因而被化為異樣半機械生物的機車所控制。套件的精神干涉甚至影響到了現實世界的綸，所以他為了保護妹妹，一度下定決心要讓自己耗光點數。春雪等人之所以會在校慶進行到一半，就前往無限制空間，最直接的理由就是為了幫助Ash與綸。

在黑雪公主等人的奮戰下，破壞了ＩＳＳ套件本體——相信詳細情形會在接下來要進行的會議中提到——所有套件終端機也遭到封印。就現階段看來，套件對Ash Roller的影響似乎也已完全斷絕。

「Ａ……Ａ……Ａ……」

Ash兄——！

也許這種場面下應該這樣呼喊著撲過去擁抱，但剛才他們才不小心來上了一段令人無力的對話，讓春雪不知道如何是好。正當他一張嘴在護目鏡下開開閉閉，站著不動時——

「喂喂，臭烏鴉。」

世紀末機車騎士目光仍然望著無限寬廣的淹水都市，粗野地叫了他一聲。

「我……我在。」

「看樣子我欠了你一份人情啊。所以，剛才那下我就當作沒看到。」

「什……什麼？剛才那下……是什麼事情？」

「那還用說ing！就是指你這個光溜溜的臭小子竟敢在現實世界（那邊）給我對綸Hug個沒完沒了那件事啊！」

「知……知道了，對對對不起大哥！」

「Who is your大哥啦啊啊啊！我話先說在前面，這種事情是Only這次啊！下次你再敢給我Hug她，我就用大爺我的愛車把你碾得扁～扁扁！是要碾成Ultra thin啊！我剛剛是講雙關，同時講到罪惡的Sin跟薄的thin，大爺我真是Mega Coooooool！」

正當春雪茫然地看著雙手抱胸說得滔滔不絕的Ash Roller，心想他真的是很會把耍帥這件事搞砸……

「Ash～鴉同學～」

就聽到十幾公尺下方的地面，不，應該說是水面，傳來楓子喊他們的聲音。

「再過五秒你們還不下來，我就要讓你們痛痛囉。」

「Y……Yes sir師父！」

Ash先立正站好，然後才朝正下方偷看一眼。由於他的身分是觀眾，不管從多高的地方跳下去都不會受到損傷，但他就是遲遲不踏出腳步。

「……Ash兄你還等什麼？」

「沒有啦，是聽說水域空間的水裡，有時候會有很大隻的裸鰓、海葵之類的東西……大爺我對這種扭來扭去的東西有點……」

「…………」

春雪默默在Ash背上一推，一起跳了下去。世紀末機車騎士一邊大喊：「Nooooo！」一邊亂揮雙手雙腳摔落，嘩啦一聲趴著落到水面上。春雪輕飄飄地在他身旁降落，對楓子與黑雪公主低頭說：

「學姊、師父，我來晚了。大家呢……？」

「都到齊了，就在你後面。」

黑雪公主這麼說，於是春雪回頭一看，結果就看到六個人坐在校舍一樓部分的水泥骨架上。

每個人的虛擬角色當然都毫髮無傷。在來自藍天的太陽光與水面反射的陽光照耀下，半透明裝甲閃閃發光。

春雪看著這群同伴，再次深深體認到這場漫長而艱苦的戰鬥已經結束了。

ＩＳＳ本體已經消滅，正要蔓延到整個加速世界的黑暗已經驅逐殆盡。超頻連線者們在正規對戰空間裡純粹較量招式、智慧與毅力，軍團在無限制空間挑戰巨大公敵，這樣的日子已經回來了。

但這個世界裡少了「她」。那個給予春雪翅膀與勇氣，教導他許多事情的純白大天使已經不在了……

「好了，我們差不多要開始了。畢竟正規對戰三十分鐘就會結束了。」

春雪深深吸一口氣，對黑雪公主的話大聲回答：「是！」

楓子與黑雪公主先從校舍切下大塊水泥，排列到校庭裡。

參加任務的九個人，再加上Ash Roller，一共十個人圍坐成一圈，開始進行會議。而一開始幾乎都是由春雪說個不停。

他去追擄走仁子的Black Vise，因而闖進港區戰區裡那間疑似加速研究社大本營的學校。

春雪一度追上Vise卻又被甩掉，束手無策之際，卻聽到大天使梅丹佐對他說話。

在中庭的決戰。Wolfram Cerberus跑來攪局。由CerberusⅢ，也就是能美的複製體，搶走仁子的強化外裝。接著一道紅光從天而降，災禍之鎧MarkⅡ就此誕生——

春雪好不容易把瞬息萬變的事態發展解釋到這裡，喘了一口氣，黑雪公主就將視線落到搖動的水面上說道：

「這樣啊……也就是說，我們破壞ＩＳＳ套件，讓蓄積的負面心念傳送到研究社大本營，在最糟糕的時間點上創造出了新的『災禍之鎧』……就是這麼回事吧……」

「Lotus，這不是妳們的錯。」

盤腿坐在水泥塊上的仁子立刻插話：

「Argon那娘兒們說過這麼一句話，她說：『再怎麼說也未免太快了吧？難道說那些傢伙幹掉了那個！』她說的那個，想必就是ＩＳＳ套件本體了。然後太快，指的應該就是心念能量傳送過來的時機……也就是說，加速社那些傢伙本來還打算繼續讓本體蓄積更多的能量。要是讓事情照他們的計畫進行，災禍之鎧MarkⅡ多半已經比跟我們打的時候強大兩倍、三倍，搞不好甚至強到十倍。在那個時間點上開打是正確的，畢竟我們卯足吃奶的力氣，總算還是打贏了。只是很遺憾的，沒能給它致命一擊……」

「如果是這樣，我就會覺得好過點了……可是，我知道這麼說不太對，但還真虧你們打得贏啊。我從中城大樓看到了那虛無屬性的爆炸，那已經遠遠超出強化外裝的範疇了。」

聽完黑雪公主的發言，坐在她正對面的仁子輕輕攤開雙手說：

「一點兒也沒錯。那玩意真的強到讓我覺得只要把它拖到禁城去，說不定就可以打倒四神……好好誇一下妳的『下輩』吧，要不是有Crow在，我們肯定被瞬殺。」

突然聽仁子這麼說，身旁的Pard小姐也連連點頭，讓春雪慌張地雙手亂搖。

「哪……哪裡，是大家到最後關頭都不放棄，才能勉強打贏。如果只有我一個人，我可能從一開始就跑掉了……」

「春雪，你別這麼謙虛。今天的ＭＶＰ無疑是你。」

黑雪公主面帶溫和的笑容這麼一宣告，春雪就覺得一股溫暖的喜悅湧上心頭。

但春雪又搖了搖頭，抬頭朝藍天瞥了一眼說：

「謝謝學姊稱讚。可是……真的不是只靠我的力量。還靠了借我翅膀，陪我奮戰到最後的大天使梅丹佐……要不是有她在，我們絕對打不倒MarkⅡ……」

春雪說完後，仍然好一陣子無人回應。

過了一會兒後開口的，是先前一直默默旁聽的Ash Roller。

「可是啊Crow，你說的這梅丹佐，不就是公敵裡面的大頭目嗎？實在Giga Unbelievable啊。公敵竟然會說話，還跟玩家組搭檔。」

「是啊……可是梅丹佐不是單純的公敵。雖然誕生的世界不一樣，但她和我們有著完全一樣的靈魂……我就是這麼覺得。」

細微的水聲再次填滿空間。

也難怪眾人會覺得不解。無限制空間裡的公敵，對超頻連線者而言是最終極的敵人。不但會以壓倒性的戰鬥力擊潰大型團隊，有時甚至會發生無限ＥＫ的情形，逼得超頻連線者損失所有點數。

尤其封鎖中城大樓的神獸級（Legend）公敵大天使梅丹佐，更是今天這場任務的最終討伐目標。聽春雪說這梅丹佐幫了他，想必也不太能夠相信……

「我相信！」

這時千百合突然大聲喊出這句話，讓春雪忍不住「咦！」的一聲叫出來。

「因為我就親眼看過公敵和超頻連線者和睦相處的實際案例啊！」

「實際案例……啊，對喔，妳是說『小克』啊……」

四天前，春雪和千百合一起去到無限制空間的世田谷戰區，在那裡認識了一個叫作Chocolat Puppeteer的４級超頻連線者。她花了很長的時間，和一隻種族名稱叫作「熔岩色石榴石獸（Lava Carbuncle）」的小獸級（Lesser）公敵交流，終於加以馴服，不，是締結了友情。

晶也跟著千百合點點頭。

「我也聽說過……聽說公敵有極少數非攻性化(Unactive)的案例。雖然我還是第一次聽說神獸級(Legend)的高階公敵發生這種情形，但既然對象是Crow……就覺得好像也挺有說服力的說。」

「只要鴉鴉出馬，說不定要跟『太陽神印提』交朋友都沒問題！」

謠的發言讓眾人發出開朗的笑聲。

等笑聲平息，這次換緊鄰春雪左邊坐著的拓武先點點頭後說：

「原來如此……在那間學校裡，那個在小春旁邊飛來飛去的小圖示，就是梅丹佐啊……」

「對，她是在幫我們指路。」

「不會吧？我還說她像蟲子。下次見到她可得跟她道歉。」

當千百合過意不去地縮起肩膀——

從這場談話開始以來就一直忍住的淚水，終於流下了一滴。由於是在鏡面護目鏡下流的，春雪本以為大家看不出來，但緊鄰他右側坐著的楓子卻把臉湊過來。

「鴉同學，你怎麼了？」

「沒……沒有，什麼事……都沒有。」

他回答的嗓音細小而顫抖，實在騙不過這群知心的好伙伴。春雪一邊讓虛擬的淚水溢出，一邊對千百合說：

「小百……這已經辦不到了。梅丹佐她……為了打倒MarkⅡ，把自己化為『三聖頌』的光……就這麼消失了。」

春雪對鴉雀無聲的眾人，吞吞吐吐地說起了他在那不可思議的「Highest Level」發生的體驗。

說起大天使梅丹佐讓他看到的事物，教導他的事物。

更說起她想看到的世界盡頭——

春雪一直說到梅丹佐消滅為止，說完後沉默持續了足足十秒以上。

當視野上方的讀秒只剩五百秒時，黑雪公主小聲說道：

「最後的神器『The Fluctuaing Light』，就是加速世界存在的理由……梅丹佐在那個叫作『Highest Level』的空間裡，是這麼說的嗎……」

「如果這是事實，那應該就表示……即使有人昇上10級，世界也不會就這麼結束呢。」

楓子這麼一回應，黑之王就讓面罩緩緩地上下擺動。一陣短暫的沉默過後，她靜靜地開始訴說：

「……當我昇上9級時，顯示在視野中的訊息文字，我就一字不差地說給大家聽。When you go up to the next level, you will meet the CREATOR and realize the true purpose of BRAIN BURST, true meaning of the WORLD……當妳昇上下一級，妳將見到設計者，了解BRAIN BURST

存在的真正目的，以及世界存在的真正意義。」

「的確是沒寫說……有人昇上10級就會破關啊……」

看過同樣訊息的仁子以流露出些許怒氣的聲調這麼說。

「……可是，既然不會就這麼破關，又為什麼要讓『10級』有這麼重大的意義呢？得打光足足五個同是9級玩家（Niner）的點數才能昇上10級，這個太沉重的條件到底有什麼意義……？」

「……不知道。要知道真相，也只能去問這個所謂的設計者了……可是，聽過春雪說的情形以後，就覺得有種和以前不一樣的印象啊。我覺得……設計者對有人昇上10級這件事，是希望之餘又有些害怕……」

聽黑雪公主這麼說，仁子也低聲沉吟。

春雪忍受著錐心的失落感，小聲說道：

「如果設計者會害怕，那也許和另外兩個世界……和『ACCEL ASSAULT 2038』跟『COSMOS CORRUPT 2040』停止運作有關。如果這三個遊戲的設計者是同一個人，他……也可能是她啦，這個人應該就只剩下我們的『BRAIN BURST 2039』。舉例來說，如果有人昇上10級，導致遊戲進入一種像是最後關卡的階段……」

梅丹佐在Highest Level說過。

說很久以前，這兩個平行世界裡也有著許多星星在發光。但這些光芒漸漸減少，後來終於全部消失。

也說不定是這兩個世界，比春雪等人的世界搶先一步跑出了「結果」。就不知道是有人昇上10級而攻略完禁城，還是所有人都在攻略成功之前就喪失了所有點數。

但至少，這個世界也可能走上同一條路。也有可能……都沒有人碰到那最終的光芒，就被黑暗吞噬掉。

楓子用左手輕輕在不發一語的春雪右手上一碰，以鎮定的嗓音發言：

「……綠之王曾經提過ACCEL ASSAULT和COSMOS CORRUPT這兩次『嘗試（Trial）』，這件事我們前不久才聽鴉同學說過……這樣一來，看來是有必要得到更詳細的情報了呢。Ash。」

Ash Roller突然被叫到，立刻挺直腰桿。

「是……是的Yes師父！」

「請你在近期內安排我們和Grandee會談。地點交給對方決定，但最好是在中立的戰區。」

「了……了解Yes師父…………等等，GGGGGGrandee，師父說的該不會是我們團長？真真真真……」

「是真的Really喔，拜託你囉。」

被楓子面帶微笑地這麼一交代，連Ash也說不出「Giga impossible！」這句話。春雪看著這位世紀末機車騎士當場石化，這才總算嘴角一鬆——

就在這時……

他們聽見了一個不知道從哪裡傳來的說話聲音。

「各位超頻連線者，用不著這麼費事。」

這個嗓音甜美得像是年幼的少女，清純得像是高潔的聖女，莊嚴得有如高貴的女王。

聲音的成分與梅丹佐很相近，春雪卻能夠確信兩者本質完全不同。或許應該說，聲音的本質在於發言者的心，但這句話裡卻完全感受不到心意，像是有一道堅固、冰冷又光滑的牆壁，完全拒絕與他人共鳴。

春雪納悶是誰說出這句話，正想看看四周……卻注意到了黑雪公主的異狀。

號稱「絕對切斷（World End）」的黑之王，全身變得比剛才的Ash Roller還僵硬。護目鏡下的鏡頭眼露出異樣的光芒，但連春雪也看不出她顯露出來的究竟是什麼樣的感情。

春雪從未看過黑之王這樣，但卻覺得自己好像看到了虛擬角色露出了黑雪公主血肉之軀的表情。

相信那一定是驚愕、敵意與恐懼。

這一瞬間，春雪恍然大悟。不，應該說是想了起來。

——我也聽過剛才的嗓音。

不是直接聽過……是在夢裡。在禁城裡共有過的Chrome Falcon的記憶之中。

「…………在校舍上面！」

仁子大喊一聲，黑雪公主以外的每個人都從水泥椅子上跳起，同時轉身仰望北方的天空。

梅鄉國中第一校舍的屋頂正中央，有著一座往上突起的樓梯間屋塔，有個人就站在這屋塔上。

不是對戰虛擬角色。是一名嬌小的身軀上穿著純白夏季洋裝，任由一頭金色長髮在微風中飄逸的少女。但她的臉上戴著像是化妝舞會會用的白銀色面具，看不出長相。

春雪覺得納悶，心想為什麼會有血肉之軀的女生來到對戰空間……？接著才注意到不對。那是觀戰用的代用虛擬角色。也就是說，有春雪以外的超頻連線者，以觀眾的身分混進了這場由黑雪公主與楓子所開的對戰。

「妳是什麼人！」

仁子再度發出尖銳的喊聲。即使受到紅之王逼問，純白少女仍然一動也不動。她站在屋塔邊緣，雙手攏在身後。

水域空間裡吹起了一陣有些強勁的風，將少女的金髮與洋裝吹得大幅飄動。她的手腳優美又纖細，怎麼看都不覺得是由多邊形組成。

儘管她背上沒有蝴蝶翅膀，用色也完全不同，但整個人散發出來的氣息，與黑雪公主在校內區域網路所用的黑禮服虛擬角色非常相似。春雪腦海中一瞬間閃過「白雪公主」這個詞。

當橫跨廣大水面的漣漪平息，就看到她在那只遮住眼睛與鼻子的金屬薄面具下優美的嘴唇微微動了動。

「我的名字就請各位晚點再問Lotus，現在我們就來說些更重要的事吧。」

她稱黑之王為——Lotus。

春雪又朝黑雪公主瞄了一眼。這個漆黑的虛擬角色獨自留在臨時砌成的椅子上，讓刀劍狀的手腳交叉，一動也不動。

不，只有一個地方例外……只有右手劍的劍尖微微顫動。春雪判斷不出這種振動表達出來的是害怕，還是憤怒。

將視線拉回校舍上方一看，就看到神祕少女用被面具遮住的雙眼筆直回望春雪，以歌唱般的聲調說：

「『ACCEL ASSAULT 2038』，以及『COSMOS CORRUPT 2040』，這兩個世界之所以滅亡的理由……就是因為兩個世界都太偏頗了。」

「……偏頗……？」

拓武以警戒與關心各半的嗓音反問。

「對。ＡＡ2038充滿過剩的鬥爭……ＣＣ2040則充滿過剩的融合。換句話說，ＡＡ世界裡除了自己以外的所有玩家都永遠是敵人，ＣＣ世界裡則永遠是自己人。」

春雪一方面掛心黑雪公主的情形，一方面又以電玩玩家的觀點，反射性地對少女這番話做出解釋。

ACCEL ASSAULT多半是一種只有「除了自己以外全都是敵人（Free-for-All）」模式的遊戲；而COSMOS CORRUPT，則多半是一種只有「所有人全都是自己人（Co-operative）」模式的遊戲。

如果真是如此，那麼與所有玩家都可能變成敵人，也可能變成自己人的BRAIN BURST 2039相比，這兩者的確都太過偏頗。

但說這種偏頗毀滅了世界……又是什麼意思呢？如果只有ＡＡ世界這樣，還算可以理解。因為如果玩家之間始終只有互相殘殺，想也知道最後只會剩下一個人。但就連所有玩家通力合作來達成破關目標的ＣＣ世界，都在同個時期衰敗，又是為什麼呢？

校舍上的少女彷彿看穿了春雪的疑問，發出清澈的嗓音說：

「過剩的融合、過剩的協調……這些情形會產生的不是加速，而是停滯。ＣＣ世界的時間完全停滯，所以才會滅亡……從這個角度來看，你們所愛的這個世界，流動的情形或許也已經開始出現淤塞。」

少女說到最後，輕聲露出微笑。

這甜美的嗓音，再度強烈刺激春雪的記憶。

在禁城與春雪精神同調的超頻連線者Chrome Falcon，之所以會變成初代Chrome Disaster，就是因為他心愛的搭檔Saffron Blossom，在眼前一次又一次地被殺。而且還是利用令人聞風喪膽的地獄長蟲——神獸(Legend)級公敵「耶夢加得(Jörmungandr)」進行無限EK。

安排那場慘劇的，就是加速研究社的Black Vise與Argon Array，以及在場的另一人……儘管籠罩在一陣神祕的光芒中而讓人看不清楚身影，但確實有個地位在Vise他們之上的人物在場。這個人有著甜美、清澈而且莊嚴的嗓音。

「……難道說……」

幾乎就在春雪擠出沙啞嗓音的同時……

先前一動也不動的黑雪公主昂然抬起面罩。

她從坐著的姿勢高高躍起，做出後空翻動作，發出喀的一聲在水泥塊上著地，並以右手劍劍尖瞄準校舍上的少女。

「——妳要說這就是妳的理由嗎！」

她的喊聲比任何刀刃都更為尖銳，更為苛烈。

但春雪注意到黑雪公主堅毅的嗓音，與神祕少女虛擬角色甜美的嗓音，有著少許共通的音色。

「妳散播ＩＳＳ套件這種東西，卻想用這兒戲的說法正當化嗎！」

黑之王將舉起的劍猛力一揮——

然後喊出了這人的名字。

「回答我！白之王……加速研究社社長White Cosmos！」

水域空間的風停了。

陽光蒙上陰影，水面像鏡子一樣平靜無波，蔚藍清澈的天空漸漸被厚重的烏雲遮蔽。這本來應該只是系統預先安排好的天候變化現象，卻讓人覺得彷彿整個空間都流露出了恐懼。

雷光就像生物似的，在轉眼間染成黑色的天空竄來竄去。低沉的轟隆雷聲在腳下的水面激起細小的漣漪。

白之王White Cosmos。

外號「剎那的永恆（Transient Eternity）」，白之團「震盪宇宙（Oscillatory Universe）」團長。是黑之王的「上輩」，也是她的親生姊姊。騙得黑雪公主以為紅之王Red Rider創造出來做為和平象徵的槍「Seven Roads」是最極致的破壞兵器，引發七年半前那場慘劇的元凶。

這個在春雪參加過的七王會議上，唯一始終只派代理人參加，自己完全不現身的純色之王，與那同樣神祕兮兮的加速研究社社長就是同一個人。黑雪公主的話就是這個意思嗎？

「天啊…………」

從春雪喉頭流露出的聲音，小得連他自己都幾乎聽不見。

其他八個人驚訝的程度也各不相同。表現出最大程度震驚的是Ash Roller，只聽得他說：

「不會吧……」連Ash語都忘了用。

但相對的千百合則低聲說了句：「果然。」讓春雪微微找回了思考力，對這位兒時玩伴問說：

「妳說果然……為什麼……？」

「其實啊，之前我們闖進去的加速社大本營……不就位在東京鐵塔遺址西南方兩公里左右的地方嗎？那裡和學姊說過白之團大本營所在的那間女校，位置幾乎完全一樣。」

楓子微微點頭同意千百合的話：

「妳說對了，Bell。我們也是從中城大樓趕去的時候，就注意到白之團就是加速研究社用來遮掩的幌子……我們本來是想在這場會議的最後跟你們說的……」

「我也沒料到白之王會親自現身。」

晶輕聲這麼說，謠也跟著補充說：「……就是這樣。」

少女型虛擬角色佇立在雷雲背景下，即使受到黑雪公主指責，仍然保持沉默。夏季洋裝的衣襬與一頭金色長髮，都被冰冷的強風吹得高高飛起。

最後做出反應的，是紅之王Scarlet Rain。

她朝校舍走上一步，兩步，然後發出蘊含強烈熱氣的喊聲：

「……就是妳……原來這一切的幕後黑手就是妳？不只是ISS套件……製造出災禍之鎧The Disaster，接連讓好幾個超頻連線者受到寄生，這些也都是妳幹的嗎？White Cosmos！」

她指向屋頂少女的右手上，串起了火焰般的深紅色鬥氣。

仁子親手以「處決攻擊（Judgement Blow）」，扣光她「上輩」Cherry Rook的點數而讓他永久退出。理由就是Rook成了第五代Chrome Disaster，隨機攻擊其他軍團的團員。

將災禍之鎧交給Rook的固然是黃之王Yellow Radio，但就連他的行動，恐怕也是加速研究社用看不見的手暗地引導出來的結果。白之王與Black Vise早從加速世界的黎明期，就綿延不絕地持續灑下悲劇的種子。

少女從白金色面具下，低頭看著全身籠罩在怒火當中的仁子，打破了漫長的沉默。

「新的紅之王，我的確逼妳扮演了好幾次委屈的角色。但這也表示我肯定妳的實力……只是就算我這麼說，妳多半也不會原諒我。」

「那……還用說！這一筆筆陳年舊帳，我會百倍奉還！」

「如果妳真的希望這樣……」

她露出了無邪的微笑。

少女——白之王White Cosmos，以安撫幼兒似的口吻說：

「我現在就接受你們從現狀的正規對戰模式，更換成亂鬥模式。」

他們整整花了半秒，才聽懂她的意思。

的確，在一對一的正規對戰裡，只要所有觀眾同意，就可以切換成讓在場所有人都變成對戰者的亂鬥模式。這樣一來，現在沒有體力計量表的紅之王與白之王，就可以直接交手。

然而——

「……妳是說真的嗎？妳真的這麼囂張，說妳敢用這副德行跟我們打？」

仁子說得沒錯，白之王現在是以觀戰用的代用虛擬角色連進對戰空間。代用角色的戰鬥能力，連一級的新手都遠遠不如。而要切換成對戰虛擬角色，就必須在現實世界的BB主機畫面進行操作。

實質上她在這種對戰裡將只能一再逃竄，但「水域」空間的建築物只有骨架，死角很少。即使白之王再怎麼神通廣大，面對包括兩個王與四名高等級玩家在內的十個人，也很難撐過接下來的一百二十秒……

不對，不是這樣。加速世界裡存在著一種力量，即使用代用虛擬角色，恐怕也施展得出來。

心念系統。

這就是白之王這種自信的來源嗎？她是認為只要動用心念，即使只用代用虛擬角色，也可以逃到時間結束……不，說不定她甚至認為可以打贏？

春雪不明白，他看不透White Cosmos的心思。

王真的有可能像這樣只是出於一時興起，就和其他王開打嗎？白之王是受到一戰定生死規則限制的9級玩家，卻用這種防禦力跟紙糊沒兩樣的代用虛擬角色開打，萬一輸給同樣9級的黑之王或紅之王，她的點數就會瞬間被扣光。

那到底是為什麼？她為什麼可以這麼氣定神閒，卻又這麼肅穆？

「……Cosmos……」

黑雪公主以壓抑的嗓音呼喊「上輩」的名字。

她左手閃動，叫出系統選單。之後只要按下三次按鈕，變更為亂鬥模式的邀請就會出現在每個人眼前。

——這是圈套？

——還是千載難逢的良機？

看到黑雪公主舉在空中的左手頻頻顫動，楓子、晶與謠都不發一語。決定遵從軍團長決斷的覺悟化為無色透明的鬥氣，從「四大元素（Elements）」全身散發出來。

忽然間……

春雪背上那如今已然不存在的白色翅膀忽然一震——他是這麼覺得。

在無限制空間裡就曾有過幾次這樣的感覺，是梅丹佐在警告他。

即使明知這種感覺是幻影，春雪仍然瞬間往前踏上一大步，把自己的右手伸到黑雪公主左手下方。同時望向佇立在屋頂的少女，卯足勇氣大喊：

「白之王！妳的提議不公平！」

這句話跳過了好幾階段的思考，幾乎完全出自本能。

「……你為什麼會這麼覺得呢，Silver Crow？」

被White Cosmos叫到名字的瞬間，一陣令人毛骨悚然的壓力垂直貫穿虛擬角色的脊椎，但他拚命踏穩雙腳說下去：

「這是因為妳的手下Black Vise，還搶走了紅之王的一件強化外裝沒還！如果妳要說妳是為了謝罪才答應接受挑戰，就應該先把東西還來！」

包括黑雪公主在內，每個人都以有些吃驚的表情看了春雪一眼。

相對的，屋頂上的白之王則在面具下淡淡微笑。

「原來如此，這說法好像有道理，又好像沒有道理，但很遺憾的是，我沒有辦法答應你的要求。那件『鎧甲』對我來說也是重要的希望。當初聽到『鎧甲』差點又被你們淨化還原，千鈞一髮之際才救回來，我可鬆了好大一口氣呢。」

「…………希望？妳說那是希望……？」

雖然春雪是為了阻止開戰而強出頭，但一聽到白之王的說法，他立刻感受到自己心中燃起了一股巨大的憤怒之火。

「用ＩＳＳ套件害那麼多人受苦……把梅丹佐從城堡裡拖出來……把扣光點數的超頻連線者當僵屍操縱……從Rain身上硬搶走強化外裝……還強迫Cerberus扮演那麼委屈的角色……妳竟然說，這樣弄出來的東西，是希望！」

春雪喊得幾乎扯破喉嚨，同時腦中又瞬間想到了好幾件事。

——還不只這樣。白之王與加速研究社製造出來的悲劇，還遠遠不只這樣。

Chrome Falcon、Saffron Blossom、「野獸」、歷代Chrome Disaster、初代紅之王Red Rider。以及黑之王Black Lotus。

三天前，黑雪公主把臉湊在黑雪肩膀上哭泣。她曾被白之王利用，因而雙手染上朋友的血，割捨掉友情，甚至讓軍團瓦解。她為這段過去深深懊悔而哭泣。

看到她的眼淚，春雪就發下了誓言。他發誓等有朝一日，與白之王對峙的時刻來臨，就一定要說出幾句話——說欺騙、弄哭妹妹，逼她離家出走，這是做姊姊的人，做「上輩」的人該做的事嗎？

春雪把空氣吸進顫抖的胸部，正要扯足嗓子喊出去之際……

黑雪公主將左手劍輕輕放到了春雪的右肩，同時小聲說了聲：

「……Crow。」

只是這麼一個動作，春雪就明白了黑雪公主的意思。

現在還不是時候。

要與白之王決戰，有更合適的時候和地方。

「……是。」

春雪點點頭，勉強吞下怒氣，退開了一步。接著換黑雪公主踏上一步，將先前緊繃的情緒轉為堅毅的決心，朝白之王宣告：

「Cosmos，妳的希望，對妳以外的所有超頻連線者來說，都是徹頭徹尾的絕望。相信就連對Vise與Argon來說也不例外。」

「……也許是這樣吧。可是，那又怎麼樣呢？Lotus。」

她提問的口氣始終平靜，黑雪公主也平靜地回答：

「對妳而言也許微不足道，但我們也有希望。很多妳連名字都沒聽過的超頻連線者，都各自懷抱希望拚命戰鬥。無論妳如何看清、玩弄、踐踏，我們的……所有超頻連線者的希望，都絕對不會消失。總有一天，這些小小的火炬將匯集在一起，化為巨大的火焰，把你們散播的那些冰冷絕望燒得一乾二淨。」

黑之王毅然斷言，全身燃起藍紫色的鬥氣，讓腳下的水面起了劇烈的漣漪。

整個空間也彷彿在呼應她的鬥氣，滿天烏雲接連落下雷電，在第一校舍各處打個正著。站在屋塔上的白之王身旁不遠處也發生了落雷，但少女的身影一動也不動。

轟隆作響的雷聲中，只聽得見「上輩」姊姊以甜美的嗓音，說出送給「下輩」妹妹餞別的話語。

「Lotus，妳變堅強了。我很期待……期待妳以自己的意思站到我身前的那一刻來臨……」

下起的雨讓少女的身影變得模糊。

白之王White Cosmos的身體籠罩在神奇的光之粒子當中，以歌唱般的口吻說：

「在這之前，我就暫且委身於蝴蝶之夢，小睡片刻吧。再見了，各位超頻連線者。能跟你們聊聊，我覺得很開心……」

下個不停的大雨下，少女的身體化為小小的光之蝴蝶——看上去像是這樣。

蝴蝶飛上雷聲轟隆的天空，轉眼間就再也看不見了。

緊接著，倒數讀秒讀到了零，顯示時間到的火焰文字在春雪的視野中熊熊燃燒。

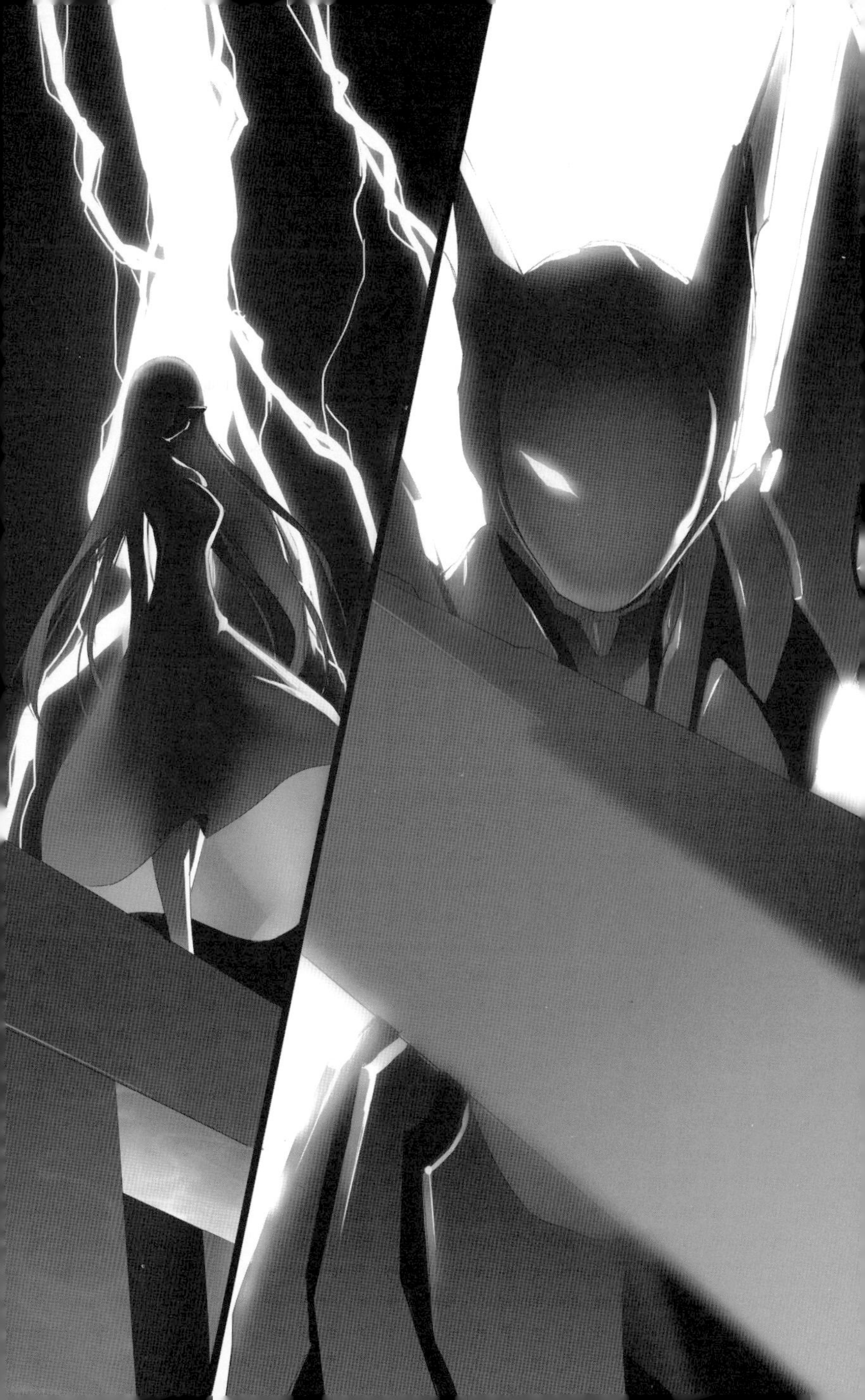

6

綸說她已經可以下床，於是三人就對堀田老師打了聲招呼後，離開了保健室。

春雪默默在無人來往的走廊上走了一會兒，又在通往聯絡走廊的正面玄關前停下腳步，抬頭看著身旁的楓子小聲謝罪：

「師父……對不起，我剛剛那樣強出頭……」

「鴉同學，你不用道歉的。」

楓子難得臉上還留著緊張的神色，嘴角露出淡淡的笑容：

「說起來我反而應該感謝你阻止我們和白之王開戰。要是真的開打，我當然打算竭盡全力……但就算是處在那種狀況下，勝率多半還未必有三成呢。」

「咦……」

十對一，而且對方用的還是代用虛擬角色。春雪懷著這樣的震驚發出驚呼聲，走在春雪左邊拉著他衣角的綸就小聲說了：

「那個人……怎麼看都不覺得她跟我們一樣是超頻連線者……雖然也可能是因為她沒用對

戰虛擬角色上場，可是……總覺得有種更……就好像…………」

楓子替找不到話語形容的綸說：

「就好像待在和我們不一樣的時間裡。」

「啊……是的，就是這種感覺。」

聽她們這麼一說，就覺得白之王的確散發出這種跡象。儘管主動提出要變更為亂鬥模式，卻顯得有些事不關己……直到最後，她都散發出一種像是觀察者從遙遠的地方俯瞰似的感覺。

「…………不知道她到底是為了什麼現身……」

春雪一邊回想少女型虛擬角色那神祕的言行，一邊說出這句有一半是在自問的話。

「我覺得她的目的應該不是偷聽我們開會。因為我總覺得她知道的事情遠比我們要多……就連ＡＡ世界和ＣＣ世界結束的理由都一清二楚……——而且真要說起來，她又是怎麼連進那個空間……」

春雪說到這裡之後……

這才想到一個他一開始就應該要發現並加以對應的事實，發出驚呼聲說：

「啊…………！大……大……大事不好了師父！剛才那場對戰，是透過校內區域網路進行的吧？」

結果楓子卻以有些尷尬的表情點頭說：「是啊。」

「這也就是說，區域網路只能從校內連上，也也也就是說白白白之王的本體，現在就待在這間學校裡……」

春雪認為自己正在揭露一個Dangerous到Maximum又Critical的事實，沒想到不只是楓子，連綸的表情都變得複雜，不由得歪起頭納悶。

「喂喂，春雪，都什麼時候了你還在說這種話？」

聽到左方有人說出這麼一句話，於是轉頭看去，就看到黑雪公主、晶、仁子與Pard小姐等七個人，正從玄關走進第二校舍。看來她們也從學生會室過來了。

仁子也接在黑雪公主後面，以一臉拿他沒轍的表情說：

「春雪，我說你喔，這種事情早在那娘兒們跑到對戰空間裡的時候就該注意到啦。然後對戰結束的瞬間就應該要查一下對戰名單。」

「……是……是……可是，這也就是說，你們已經查過了……？」

「對，而名單上並不存在除了我們以外的超頻連線者。」

黑雪公主沿著第二校舍的走廊走到春雪他們身前，繃緊表情說出這句話。

「沒有……這表示她關掉了神經連結裝置的連線嗎……」

但春雪的推測很乾脆地就被否定。

「不對，應該不是。她多半是從自己軍團的領土用遠端連線。」

「咦？從外連進我們學校的區域網路……？這有辦法辦到嗎？」

「辦不到，應該說我不會讓人這麼做……平常是不會。」

這位掌握了梅鄉國中主幹系統的學生會副會長，懊惱地補上這麼一句話後，將背靠到走廊的牆上。

「……可是，只有舉辦校慶的今天，為了讓來賓連線，我們不得不降低防火牆的安全層級。憑她的技能和權限，要在區域網路開個漏洞鑽進來，應該是辦得到的……當然明天以後我絕不會再讓她稱心如意。」

黑雪公主提到權限，這或許意味著她位於港區的老家，和經營梅鄉國中的企業有著某種關連，但現在春雪實在不方便問下去。

他改而對黑雪公主一鞠躬，說道：

「學姊，對不起，剛才我突然插嘴……」

「嗯，不會，你不用道歉。」

黑雪公主一邊露出淡淡的苦笑，一邊說出幾乎和楓子所說完全一樣的話後，將右手輕輕放到春雪肩膀上說：

「當時我為了該不該按下切換成亂鬥模式的按鈕而極為猶豫。既然還會猶豫，就表示現在還不是開戰的時候……」

看到自己這位劍之主的態度意外地一如往常，讓春雪感受到小小的驚訝，以及遠大於驚訝的喜悅。

白之王的出現，對黑雪公主而言應該是完全預料不到的事。面對利用她、背叛她、放逐她的親生姊姊，怎麼想都不覺得會有辦法完全以平常心面對。

八個月前，黑雪公主對才剛當上超頻連線者的春雪說過這樣的話。

——這個人過去對我來說是最親近的人。之前我一直相信這個人會永遠在我的世界中心不斷發光發熱，趕走一切的黑暗跟寒冷。

——可是有一天……有一次，就在那麼一瞬間，我認清了那只是一種脆弱的幻想。如今這個人對我來說，已經可以算是最終極的敵人。

後來她每次談到白之王，似乎也會無可避免地心亂如麻。但今天終於遭遇到宿敵時，黑雪公主卻揮開了退縮與恐懼，堂堂正正，抬頭挺胸，以堅毅的話語宣告她們遲早必將一戰。

黑雪公主身為9級的王，也絕對沒有停下腳步。她一直磨練自己，渴望變得更強。她一直在往前邁進。

以前黑雪公主還這麼說過。說白之王是她的親生姊姊，在現實世界中也能夠對她行使很大的影響力。一旦開戰，相信這個事實也將化為詛咒，束縛住她的劍。

但即使是這種對超頻連線者而言幾乎絕對無法跨越的障礙，相信現在的黑雪公主也一定能夠克服。她一定會身先士卒，英勇地領導團員。

春雪用雙手輕輕包住黑雪公主放在他肩上的手，說道：

「在這之前，我會變得比現在更強。至少，要有辦法在決戰的戰場上讓學姊不用擔心背後被攻擊。」

「……嗯，靠你囉，春雪。」

連平常這種時候一定會立刻起鬨的千百合與仁子，也和其他六人一樣只露出平靜的微笑。黑雪公主在圈子正中央牢牢回握春雪的手，再度深深點頭，然後環顧眾人說：

「好了，大家連場激戰，肚子應該也都餓了吧。我們就去攤販區採買午餐，到私房貴賓席用餐吧。」

眾人一起逛著校庭裡學生擺的攤位採買。從炒麵、大阪燒、奶油馬鈴薯等王道菜色，到墨西哥夾餅、中東蔬菜球到咖哩角等另類小吃，還買了西班牙炸小油條與鯛魚燒等甜點，飲料當然也買了每個人要喝的份。採買完畢後，黑雪公主就領著眾人來到一個誰也沒料到的地方——第二校舍的屋頂。

對春雪而言，這個空間沒有任何美好的回憶。

直到一年級的第二學期，他都動輒被班上的三個男生叫來這裡，被迫買麵包或飲料請他們吃喝，還沒來由地挨打。好不容易捱到他們放人，就躲進誰也不會去的男生廁所隔間，就這麼在校內網路裡打打一人用的壁球遊戲來舒緩空腹感，直到午休時間結束為止。

在黑雪公主的幫助下，霸凌突然結束，之後春雪幾乎從來不曾想起，但他並非忘了那段地獄般的日子。他只是把記憶壓縮成一個小球，埋進內心深處，假裝它不存在罷了。

春雪跟在眾人身後走在屋頂上，不知不覺間低下了頭，在腳下的水泥地上找到熟悉的雨漬而停下腳步。

當初還會被那些人叫來的日子裡，他每次都會在這裡先停下腳步。從這個雨漬更過去的空間，就超出了公共攝影機的監視範圍。一旦踏出這一步，所有規則都將消失，只剩下蠻橫的暴力。

黑雪公主為什麼會把這種地方說成「貴賓席」？而且，從這裡到底又看得到什麼……？

「春雪。」

春雪沒想到會有人就從身旁叫他，趕緊抬頭。

結果看到本來應該走在眾人身前的黑雪公主，就站在雨漬另一邊，微笑著朝他伸出右手。春雪半出於下意識地握住她的手，就被她一把拉了過去，踏上雨漬而往前進了一步。

他最先看到的，是一大張鋪在奈米線太陽能面板旁的野餐墊。她說的貴賓席，指的就是這個地方嗎？但即使坐在這裡，看得到的也只有中庭裡的樹木，還有第一校舍北側的牆壁。

但緊接著，春雪注意到太陽能面板附近並非只有野餐墊。

一根細細的金屬柱，從地面往上延伸。抬頭一看，頂端裝的不是照明燈，而是一個有著泛青色光澤，直徑十五公分左右的黑色球體。那是公共攝影機。

「咦……為什麼……那種地方，本來應該沒有攝影機的……」

春雪喃喃說到這裡，站到他身旁的黑雪公主就輕聲對他說：

「雖然花了很多時間……但是這間學校裡，包括後院與中庭在內，再也不存在任何一平方公尺的攝影機死角。我就是想告訴你這件事……」

「……………」

春雪一時間答不出話來。

其他八個人多半也察覺到並肩站著的春雪與黑雪公主之間有話要說，於是脫掉室內鞋或拖鞋上了野餐墊後，嘻嘻哈哈地開始排列午餐。春雪茫茫然看著他們，想到了很多事。

公共攝影機是政府為了嚴格監視國民──連國中小學的校內也包括在內──而建置、營運的系統，立意絕對說不上良善。也有不少老師討厭校內的攝影機。

這些老師主張要抑制霸凌行為，不應該依賴公共攝影機，而是應該交給學生的自主性。換句話說，就是要學生即使被帶進攝影機死角，也要靠自己的力量抵抗。

可是，就現實而言，正是攝影機的死角產生了霸凌，產生了以惡意或暴力否定人性的行為。春雪心想，如果從一開始就能讓學生不會受到霸凌，就遠比老師們堅持的學校獨立性更有意義。

「……以後，誰也不必再受到那種折磨了。」

春雪好不容易說出這句話，黑雪公主就強而有力地點點頭。

「嗯。只有這件事，我無論如何都希望在自己還是學生會幹部的時候實現……好了，來吃午餐吧。讓大家等太久，他們就太可憐了。」

「……好的！」

春雪將百感交集的情緒灌注在嗓音中答出這句話後，就和黑雪公主一起走向等著他們的同伴身邊。

餐點應該準備得非常充分，但只過了短短二十分鐘，就從野餐墊上消失得無影無蹤。

「呼～好飽好飽……」

仁子兩腿伸直，從紅色的T恤上摸著她苗條的肚子，令人懷疑被她吃掉的那麼多食物到底消失到哪兒去了。

「在外頭吃飯也挺不錯的啊，下次我們就找個公園野餐吧。記得都廳那邊不是有個很大的公園嗎？」

「有……有是有，可是那裡是藍之團（獅子座流星雨）的領土正中央啊。」

拓武趕緊在旁解釋，仁子則斜眼朝他白了一眼說：

「博士，我說你喔，只不過去野餐一下，關掉網路不就好了！」

謠更讓手指在空中劃過。

【ＵＩ＞乾脆就挑週六辦野餐，吃完飯以後大家一起進攻藍之團的領土，好像也會很好玩。】

「慢……慢著謠謠，這樣杉並戰區就會空門大開啊。」

黑雪公主趕緊從旁插話，剩下幾名女性聽了後都發出開朗的笑聲，其中當然也包括了日下部綸的笑容。

春雪內心深深慶幸，再次細細咀嚼這種放下心上大石的感覺，但同時也覺得內心深處留下了幾根沒去掉的刺。擔憂的其中之一就是他與白之王對峙時脫口而出所說的，沒能把仁子的強化外裝全部拿回來。

White Cosmos將還留在Cerberus手上的推進器部位稱為「鎧甲」，還說那是她重要的希望。這也就表示，加速研究社的圖謀尚未結束。也就是說他們打算利用Cerberus與「鎧甲」，創造出新的……說不定比ＩＳＳ套件更巨大的混沌……

「你臉色不太好說。」

晶不知不覺間坐到他右邊的位子，說出這句話的同時遞來一個紙杯。

「啊，沒有，這個……謝謝妳。」

春雪先道謝再接過紙杯，喝了一口烏龍茶。他把仰起的頭拉回原來的角度，就看到不知不覺間所有人的視線都集中過來，忍不住就想低頭。

「春雪，還有一些時間，有什麼話想說可以儘管說啊。」

在黑雪公主催促下，春雪一邊心下納悶她說的還有時間是什麼意思，一邊點點頭說：

「呃……我，就是沒辦法不去想……有一件仁子的強化外裝沒搶回來這件事……」

他邊說邊窺看仁子的臉色，就看到紅之王連連眨了眨眼。春雪沒料到她會有這樣的反應，忍不住說下去：

「因……因為紅之（日珥）團應該也有領土戰爭要打……要是沒有推進器，不就召喚不出『無敵號』了嗎……？」

結果仁子與坐在她左邊的Pard小姐對看一眼，又不約而同地轉頭看了看春雪。仁子一邊拉了拉綁起的其中一邊紅髮，有點過意不去地說：

「不會，叫得出來啦。」

「…………咦？」

「就是說，就算沒有推進器，也可以只叫出其他組件……」

「…………叫……叫得出來喔？」

看到春雪張大了嘴合不攏，紅之王把為難的表情換成嘟嘴，滔滔不絕地說：

「而且Dusk Taker從我身上搶走強化外裝變成的那個山寨版，不就給我把缺了飛彈發射器的四個組件給著裝上去了嗎！一般人在那個時候就該注意到了吧！你聽好了，無敵號是以駕駛艙為中心的外掛式強化外裝，只要駕駛艙還在，要外掛一件或四件武裝都行！」

「…………是……是這樣喔……？」

春雪不只是嘴，連眼睛都張得不能再大，仁子讓空氣從嘟起的嘴裡洩出，搔著後腦勺說：

「……不過你這麼擔心我，我還是跟你說聲謝謝。而且，就算只有四個組件也能著裝，的確也不能就放著推進器不管。只是……我總覺得這個問題我該靠自己的力量解決……」

「怎……怎麼會呢？我們會幫忙的！因為仁子就是為了幫我們，才陪我們一起去無限制空間，在裡面發生的事情我們也有責任……」

春雪忍不住朝著坐在圈子對面的仁子探出上半身，但仁子微微流露出摻雜著各式各樣情緒的笑容，抬頭看看蒙上淡淡灰色的天空，慢慢開始述說：

「……我在那間學校被Vise那傢伙困住的時候，其實還是有些朦朧的意識和知覺。所以在強化外裝接連被搶走的瞬間，我就想了很多。像是想到這樣一來，日珥團長的位子就該交出去了……或是不知道Pard肯不肯接下下一任團長的位子等等……可是，不只是這樣。雖然連我自己也覺得意外，但我心中也確實有著和氣餒相反的心情。」

仁子把視線落到自己小小的右手上，用力握緊五指說：

「我啊，只看等級當然是9級，可是實力遠遠比不上其他幾個王。不管是戰鬥力、領導力，還是精神力。」

仁子揮手制止有話想說的黑雪公主，露出淡淡的笑容，輕輕搖了搖頭，再度說出一番平靜的話語：

「畢竟我會接下日珥的團長，本來就有一半是順其自然的結果……而且其實我一直覺得沒有資格自稱是第二代紅之王。所以心中總是有個念頭，想說最好還是趁鍍金剝落而大出洋相之前，放棄這一切。可是，當狀況緊迫到不但強化外裝被搶走，甚至還不得不做出損失所有點數的心理準備，讓我有理由放棄時，我感受到的懊惱卻比氣餒要多。我想到自己不想在這種地方結束……不想背叛好不容易才從三年前的大混亂重新站穩腳步的日珥，還有那些追隨我到今天的團員。」

坐在仁子身旁的Pard小姐緊閉著嘴唇，彷彿想忍住隨時會脫口而出的話。仁子也特意不去看她，在從牛仔短褲下伸出的纖細雙腿上握緊雙拳，依序看了看春雪和千百合說：

「……你們打倒災禍之鎧MarkⅡ，幫我搶回三件強化外裝，這件事我由衷感謝。可是，我仔細想過還有一件沒能搶回來的這件事有著什麼意義，然後就想到我非得從中學到一些東西不可，像春雪就一直到今天都是這樣。所以……春雪你不用急，只要我的推進器還在加速世界裡，就一定會有機會拿回來。在這之前，我打算重新鍛鍊自己，讓自己能夠當個真正的軍團長……如果可以，更要練到能夠真正自稱是『紅之王』。這也是為了報答那個時候在我身旁消失的梅丹佐……」

仁子說完了這段很長很長的決心，像要掩飾難為情似的，大口喝下紙杯裡的柳橙汁。

插在春雪胸中的刺，已經隨著仁子這番話消融，但取而代之的是一股熱流上衝，讓他不得不連連眨動雙眼。由於他發不出聲音，只能一次又一次地連連點頭，結果——

以跪坐姿勢坐在左邊的黑雪公主把腰桿挺得筆直，說出了令他意想不到的話：

「仁子……不，第二代紅之王Scarlet Rain。有個朋友託我轉達一句話給妳。」

接下來她所述說的，是一段驚人的事實。

加速研究社的「死靈術師」，並非只讓Dusk Taker復活。為了大量製造ＩＳＳ套件終端機，甚至還讓初代紅之王Red Rider的記憶甦醒，讓他寄生在套件本體上。

「……我們和從本體內部出現的Rider打過一場。當然那並不是我過去所殺的他本人，而是重生的複製記憶……然而現在他就是唯一的『ＢＢＫ』。」

黑雪公主目光直視仁子，發出堅毅的嗓音說：

「Rider在消失之際說了一句話，要我代為轉達給繼承日珥的第二代。他的最後一句話就是……」

她說到這裡先頓了頓。

「『謝了，以後就拜託妳了』。」

黑之王閉上嘴後，第二代紅之王仍然沒有要說話的跡象。

忽然間——

她那雙不時會被不同角度的光照成綠色的紅褐色大眼睛，轉眼間滿是透明的水珠。

這些水珠立刻流下，流過長著雀斑的臉頰，落到紅色T恤的胸口。仁子似乎晚了一會兒才發現，用右手手背粗暴地擦了擦眼睛，但大顆的淚珠接連溢出，流個不停。

過了一會兒，仁子無力地放下手，把臉埋進身旁Pard小姐的胸口。

長年來一直保護著軍團長的副團長，也雙眼連連眨動，用力抱緊了她。

春雪聽著迴盪在屋頂上的稚氣哭聲，也跟著熱淚盈眶。但只有這次，陪哭的並不是只有他一個。

千百合、謠、綸、拓武與晶，連黑雪公主都眼眶含淚，在一旁看著歷經兩年以上的歲月，終於正式繼承王位的第二代紅之王。

一分鐘，兩分鐘。三分鐘過去。

黑雪公主用指尖按著眼角，大聲喊說：

「好了，時間差不多到了，要開始囉！」

春雪反射性地看了看虛擬桌面右下角的時鐘。這個不受雙眼的淚水影響而顯示得極為清晰的數字，寫著13:59:50。

春雪先想了想兩點會有什麼事情，這才想起好像有這麼回事。依稀記得黑雪公主在連進無限制空間之前，說過下午兩點起，會開始一段由學生會製作的校慶展演。

但不管是在哪間教室或體育館進行，現在才過去實在來不及……

噹～噹～

就在時間來到十四點的同時，一陣輕快而清澈的鐘聲響起。然而梅鄉國中的校舍中並不存在時鐘，也就是說，這是只有連上校內區域網路的人，才能透過神經連結裝置聽到的音效。

這種與Lime Bell的「聖歌搖鈴」十分相似的鐘聲，敲響了十四聲後，留下悠揚的餘音而停止。

接著由一個柔和而富有抑揚頓挫的女學生嗓音——大概就是學生會的書記若宮惠吧——開始進行廣播。

「各位蒞臨梅鄉國中第二十八屆校慶的來賓，以及本校全體師生，我們即將為各位進行由學生會執行部安排的展示企畫『時光』。請檢查您的神經連結裝置，是否已經連上本校專用的網路。展示區是在本校校地外，待在室外的各位請留在原地，待在室內的各位請從附近的窗戶往學校外看去。那麼我們開始展演。」

——展示區，在學校外面？

春雪想不通這是什麼意思，朝身旁的黑雪公主看了一眼，但這位學生會副會長只面露微笑，什麼話都不說。拓武與晶等人也訝異地環視四周，連在Pard小姐懷裡啜泣的仁子也抬起頭來看看怎麼回事。

忽然間。

一陣清爽的風吹起。

由於用擴增實境(AR)模式的神經連結裝置只能產生聲響與影像，相信這應該是一陣正巧在這時吹起的風，但彷彿就在這陣風的呼喚下……

南邊第一校舍後頭高聳的建築物全部消失。

「啊…………」

春雪趕緊站起，想往屋頂的欄杆靠過去，黑雪公主拉住他說：

「春雪，還有各位，後面比較看得清楚。」

「後……後面……？」

春雪聽她的話轉過身去。屋頂的寬度只有十公尺左右，另一頭的欄杆外，應該可以就近看到青梅大道與高圓寺南三丁目的市街地。

但這個方向上也並不存在那些熟悉的街景，取而代之的，是一望無際的草原汪洋。看上去就彷彿是加速世界的「草原」空間，但隨處可以看見一叢叢低矮的灌木叢，北方兩公里左右的地方更有一條巨大的河川。從地點來推測，應該是妙正寺川，但這條河的寬度應該頂多只有十幾公尺，然而現在看到的河川，離對岸應該有一公里左右。

春雪跟著眾人一起來到北側的欄杆，茫然瞪大眼睛，就再度聽到惠的旁白。

「各位現在看到的，是八千年前，也就是繩文時代早期的光景。那個時候，武藏野台地的邊緣是海岸線，現在的杉並區則位於一個在廣大海灣中突出的半島正中央。」

「繩……繩文時代？」

春雪一邊發出驚呼聲，一邊從欄杆縫隙間窺看第二校舍的正下方。結果看到從養著角鴟小咕的小木屋北邊不遠處就開始是草原，梅鄉國中就像一艘浮在綠色大海上的船。

「……軍團長，這也就表示，妳是把學校校地外的所有地面，都用AR實景投影改寫成草原的畫面……是這樣嗎？」

拓武表現出博士風範這麼一問，黑雪公主就點點頭說：「嗯，差不多就是這樣。」

以方向而言，和春雪在自己班上展示的「三十年前的高圓寺」有點相似，但規模與難度都不可同日而語。如果只是要把AR影像重合到教室的牆上，那麼只要在牆壁的角落設定標記就行，但要改寫整個龐大的街區，就讓他完全想像不到黑雪公主到底是用了什麼密技。

正當他發出讚嘆，將視線從東往西挪動，結果又聽到惠的解說。

「這個時代，武藏野台地對於繩文時代活在東京的人們來說，是重要的生活空間。他們在水源附近築起半地穴式房屋，在遼闊的草原上進行狩獵與採集活動。幾乎整個杉並區都有土器或石器出土，而且區內南部還發現了大規模的遺跡。」

忽然間一個粗豪的吼聲響徹在草原上。

「那……那邊！」

往千百合所指的地方凝神一看，就看到一群披著毛皮與粗布衣裳的古代人，拿著簡單的長槍或弓箭，追趕幾乎有野獸級(wild)公敵大小的巨大山豬。當他們的身影消失，草原中就出現了多棟圓錐形的房屋。廣場上可以看到許多女子合力烹煮食物，四周有孩子們在嬉鬧玩耍。

「……明明是遠在八千年前的過去，可是我總覺得……那些孩子們，和現在的我們，差不了多少……」

綸這麼一說，身旁的楓子就點點頭說：

「就是啊。實際上別說是八千年前的繩文人，就連二十五萬年前出現的智人(Homo sapiens)，大腦結構也幾乎和現代人完全一樣。如果給那些孩子們神經連結裝置，讓他們接受現代的教育，相信多半會培養成和我們一樣的孩子。雖然這樣是否幸福又是另一回事。」

【UI＞最後這句話實在很有楓姊的風格。】

看到謠的評語，不只是千百合與黑雪公主等人，連眼圈仍然紅腫的仁子都發出了笑聲。

春雪和眾人一起歡笑，內心卻暗自納悶。

這個展演的確了不起。相信一定花了龐大的時間與勞力來準備。可是，為什麼要挑繩文時代？是因為全都是草原，畫面製作起來比較輕鬆？不對，怎麼想都不覺得黑雪公主他們會用這種理由選擇題材……

但緊接著，惠的旁白告知了一項驚人的事實。

「那麼我們就把時代往前推進一些吧。」

視野下方出現一個小小的數字【－８０００】，開始劇烈減少。

接下來的展示內容，只有一句氣勢萬千可以形容。

幾千年一口氣過去，來到兩千三百年前的彌生時代。水稻農業已經開始，綠色的原野化為黃金的稻田。

一千七百年前，古墳時代。古代國家成立，大和王權的支配力也達到了武藏野。耕田與狩獵用的工具，以及人與人戰爭所用的武器，也都換成了金屬。

一千五百年前，從飛鳥時代到奈良時代。出現一種叫做「國造」的地方豪族，關東也建立了由无邪志國造所建立的武藏國。這時「武藏」這個地名才首次誕生。

一千年前，平安時代。關西地方的貴族還在歌詠太平盛世，關東地方卻已經搶先一步有武士集團，也就是所謂的坂東武者崛起，形成大規模的莊園。距離杉並不遠的府中市，雖然有著武藏國府，從京都到任的貴族與在鄉武士之間的對立卻越來越深刻，很快就發展成最具代表性的坂東武者平將門之亂。

「……我們對飛鳥時代或平安時代，都只學到西邊發生的事情，原來這一帶也發生過很多事情啊……」

春雪一邊看著騎馬對砍的武者，一邊說出這句話，拓武就讓眼鏡亮出閃光說：

「你說得一點兒也不錯。我們生活在東京，課堂上也應該多教一些東國的歷史才對。例如說從這武藏野興起的武士團『武藏七黨』，在鎌倉幕府也擔任重要的地位，對武士政權的成立方面，不只是清盛或賴朝，他們這些東國武者的存在也很……」

「喂喂拓武，你這個武士會挺武家我也不是不懂，可是你也別搶著把東西都講解完啊。」

黑雪公主在苦笑中這麼一插話，拓武就難為情地低下頭，其間時代仍隨著惠流暢的旁白繼續流動。

八百年前，鎌倉時代。

六百年前，室町時代。隨著中世紀武家社會形成，現在的杉並區裡也出現了幾個小村莊。梅鄉國中附近的地名是「小澤村」，正中央則蓋起了一座叫作「高圓寺」的寺廟。

後來歷經戰國時代，來到四百五十年前——江戶時代。

梅鄉國中北邊不遠處的一條小路，被許多健壯的工人修築成寬廣的大道。眾人聽了解說才知道每天通學時走的青梅大道，其實是為了建築江戶城而拓寬的道路，都不由得發出驚嘆聲。

這條大道上出現了一批陣仗很大的隊伍。是喜歡在小澤村進行鷹獵的三代將軍德川家光的隊伍。由於家光多次在高圓寺住宿，沒過多久，村莊的名字也變成了「高圓寺村」。

朝踏上歸途的鷹獵隊伍去路上一看，就能在江戶的街景上方，看到江戶城天守閣雄偉的英姿。

「……那就是禁城說。」

聽到晶這麼說，眾人都各自懷抱不同的感慨點了點頭。然而明曆大火把江戶燒得一乾二淨，江戶城天守閣也遭到燒燬，將夜空染成一片火紅。在二〇四七年的現在，公共攝影機一捕捉到起火的徵兆，就會將資訊送交消防廳網路，所以幾乎完全不會發生大規模的火災，但看到江戶大火的可怕，讓每個人都說不出話來。

然而燒燬的市街轉眼間就復興了。高圓寺東邊不遠處開設的客棧「內藤新宿」持續發展，從梅鄉國中的屋頂都能看見熱鬧的街景。後來雖然經歷數度大規模火災，但都市仍以遠超過火災的速度持續發展。

文化達到爛熟，沒過多久，號稱有著當時世界最多人口的江戶市街也吹起了新時代的風。

一百七十年前，明治時代。

文明開化帶來西化風潮，將木材與紙張蓋成的街景轉變為石造建築。瓦斯燈的燈光從夜霧中透出，馬車在石板路上來來去去。

沒過多久，鐵路也開始鋪設，在御茶水～八王子之間也有甲武鐵道開始營運。吐出黑煙的英國製K1型蒸汽火車在離街道有一段距離的原野上奔馳，孩子們在歡呼聲中追著火車跑。明治時代末期，甲武鐵道收歸國有，改稱中央本線。

一百三十年前，大正時代。

中野站與荻窪站之間，新設了高圓寺站，車站四周也開始蓋起全新的街區。當然這時還不是高架鐵路，車站本身也小得驚人，但位置就和現在的高圓寺站完全一樣。火車頭搶先其他路線換成了電車。

接著是一百年前，昭和時代。

青梅大道上奔馳的不再是馬車，而是換成汽車。汽車配備的當然是汽油引擎，除了福特與GM等美國車外，還可以看到國產的達特桑(Datsun)汽車也在路上行駛。天上則出現了飛船與雙翼飛機。

不知不覺間，騎馬在武藏野的荒野上馳騁的野武士，也已經成了遙遠的幻影。文明在這一千年之間有了驚人的進步，封建主義體系換成了民主主義體系，形成了和平的近代社會。太陽西下後，家家戶戶亮起了白熾燈溫暖的燈光——

然而……

忽然間，一群不祥的飛機編隊從高空飛過，飛機腹部投下黑色的物體，近在眼前的荻窪上竄起了爆炸的火焰。

「咦……這是，太平洋戰爭……？杉並，也受過空襲……？」

千百合說得語音發顫，春雪也用力握住欄杆點點頭說：

「嗯……荻窪有生產戰鬥機的工廠，所以第一個就被盯上。」

「春雪，你還真清楚。」

黑雪公主一隻手按住被風吹起的長髮，靜靜地這麼說：

「我在為了製作這場展演而動手收集資料以前，都完全不知道。明明距離現在只不過一百年而已……」

「啊，哪裡……我也完全沒把這些事情，和自己住的城市連在一起想過……」

正當他們進行著這樣的對話，頭上再度傳來引擎的巨響。這次的空襲是大規模的，無數轟炸機投下燒夷彈，高圓寺的市街籠罩在一片火海之中。

「啊……！」

輪發出小小的驚呼聲。因為高圓寺車站在烈火中崩塌了。四周的商店與住宅也都接連燒燬，將夜空染成一片火紅。

不只是杉並，東京都心四處都燒得火紅。旁白解說告訴觀眾，包括這一晚在內，一百波以上的空襲，讓東京都二十三區有高達三分之一的面積就此燒燬。

春雪就讀國小六年級的二〇四五年夏天，東京盛大舉辦慶祝戰爭結束一百年的典禮。春雪獨自在家待得發慌，於是看了典禮的轉播畫面，但他就只是知識上知道有過這麼一回事，對於一百年前發生過戰爭的事實，始終未能有任何切身的感受。

相信這一定是因為，春雪把以前的戰爭當成了一種發生在不同的世界，不同的時間當中的事情。但其實並不是這樣，這些事情就發生在春雪所居住的高圓寺市街，距今只有一百年。

就在站住不動的春雪眼前，時光毫不停歇地流動。

被戰爭夷為平地的杉並，轉眼間就開始重建。高圓寺車站也重建完成，開始有一〇一系的電車行駛在發出銀色光芒的鐵路上。隨後高度成長期來臨，建築物變得越來越高，青梅大道的交通量也不斷增加。

五十年前。

四十年前。

三十年前。

街景漸漸接近春雪記憶中的模樣。汽油引擎車經過複合動力車的過渡階段，換成了電動車（EV）或燃料電池車（FCV）。走在人行道上的人們，則是人手一台行動終端機。

「啊……公共攝影機。」

聽千百合這麼一說，春雪凝神一看，就看到不知不覺間，街上隨處都出現了一種黑色的球體——公共攝影機。聽說這些攝影機在設置時也是悄悄在進行。

儘管外觀上並不起眼，但很快就發生了另一項有著重大意義的改變。終端機從人們手上消失，人們開始將穿戴式連線終端機，也就是神經連結裝置，佩掛在脖子上。

視野下方的計時器顯示【－0015】。

高圓寺車站的後頭，出現了兼設了購物中心的大型高層大樓。

春雪的雙親買下了這棟新大樓的一戶——二三〇五號房，翌年春雪出生。即使明知只是影像，春雪仍然不由自主地注視自己家所在的那扇窗戶。

他想像當時感情還很好的父母親，以及還是嬰兒的自己，在那亮起柔和燈光的玻璃窗內生活得很幸福的情形。但年數很快就跑過了他雙親離婚的那一年。

這場展演從八千年前的繩文時代開始，一直進行到這個時代，只花了短短二十分鐘。概略計算下來，加速倍率約是兩億倍。雖然隨著年代接近現代，展示的速度也漸漸放慢，但春雪出生至今的十四年，在漫長的歷史當中無疑只是一個小小的火花。是一段短得無法在其中找出意義，短得微不足道的時間。

但這場題為「時光」的展演所要訴求的，應該不是這麼回事。

歷史就是人的一連串活動，說不定就連時光本身也是。

此時此地，活在浩瀚的時光之河當中。是用所有人活過的時間紡成絲線，織成布匹，才創造出了「歷史」這宏偉的畫軸。而這條河今後也將繼續流動，直到永遠。這場展演就是在告訴春雪等人這件事。

「漫長的歷史旅程，也即將接近尾聲。」

旁白靜靜地告知尾聲將近。

「最後請各位看看天空。」

春雪與同伴們一起仰望正上方的天空。實際的時間還不到兩點半，天空卻染成了火紅的晚霞。

計時器終於達到【0000】，但最右端的數字又往前跑了一點，在【+0005】時停了下來。

有一串閃閃發光的光點，從傍晚天空的另一頭接近。那是一條往垂直方向無限延伸的顏色絲線，一條通往天空的梯子。那是──

「赫密斯之索……！」

春雪呼喊之餘，整個身體往後仰得太用力，整個人失去平衡，眼看就要往後一倒。黑雪公主與千百合立刻分別抓住他的右手與左手，拉住了他。

每個人都不說話，楓子牽起黑雪公主的右手，拓武握住千百合的左手。綸、晶與謠也都一樣牽起了手。最後仁子與Pard小姐也加入圈子，十個人在屋頂形成了一個大圈子。

太空電梯「赫密斯之索」，儘管分類上屬於低軌道型，但由於是以10馬赫的超高倍音速飛在距離地面一百五十公里的高空，用肉眼看去只看得到一串小小的光點。然而以AR影像重現出來的這條「飛神之索」，卻在連底端太空站細節都看得清楚的低空緩緩接近，最後停在梅鄉國中正上方。這座以奈米碳管為主要建材，長達四千公里的電梯前端，已經融入染成橘紅色與藍色的界線當中，遠得看不見了。

載著貨物的銀色載貨電梯，從太空站逐漸上升。這時又聽到旁白的解說：

「五年後的二〇五二年，一個將開啟有人火星探查首例的國際計畫就要啟動。太空船的零組件將會搬運到赫密斯之索的頂端太空站，在軌道上進行組裝。繩文時代一手拿著石矛在草原上奔跑的人類，歷經八千年的時光後，腳步終於要踏上火星的土地。但我們的腳步並不會就在這裡停住，相信今後人們也將繼續前進幾百年，幾千年。我們的爸媽那一代，我們自己，還有我們的子孫，也參加了這個腳步。」

載貨電機達到天空盡頭，閃出光芒而消失。赫密斯之索再度動了起來，就像被碩大的夕陽吸過去似的漸漸遠去。

「學生會執行部的展示企畫『時光』就到這裡結束，謝謝各位觀眾耐心觀賞。」

計時器與惠的廣播一起消失，晚霞的紅色也漸漸淡去，變回了原來的灰色天空。然而視野當中發生的變化就只有這樣，因為梅鄉國中校外的AR街景，早已在展演中變得和現實光景一致。

展演結束後隔了一會兒，整間學校湧起了盛大的掌聲。春雪也放開黑雪公主的手，拚命互拍雙手。其他八個人也立刻仿效。

仁子一度停止哭泣，雙眼卻又再度泛起淚光。第二代紅之王也不掩飾，說道：

「……我很慶幸今天有來。因為我感受到了很多……像是我出生的意義、當上超頻連線者的意義，還有跟你們交上朋友的意義……」

她用拳頭用力擦了擦眼角，開玩笑似的說下去：

「不過黑雪，妳好歹也是考生吧？真虧妳有空搞出那麼大手筆的玩意啊！」

「這……這件事不用現在提起吧？」

黑雪公主皺起眉頭反駁，眾人就哈哈大笑。黑雪公主也立刻露出笑容，輕輕聳了聳肩說：

「而且這不是我一個人做的。會長對這種東西意外地拿手……不過我也花掉30點左右的點數就是了。」

「啊，學姊好賊！」

聽到千百合吐嘈……

「一點都不賊！超頻點數還能有比這更正確的用途嗎！」

黑雪公主立刻反駁，又讓眾人再度大笑。

春雪看著同伴們爽朗的互動，心中暗自做出了一個痛苦的決定。

Lime Bell在無限制空間中還原災禍之鎧MarkⅡ時，春雪就想到一件事。想到憑香櫞鐘聲，是不是連梅丹佐的消滅都可以回溯掉。

這個希望——又或者說是眷戀，至今仍未消失。他心中有著強烈的念頭，認為只要有〇．一％的可能，就希望能試試看。

然而……

先前在世田谷戰區認識的Chocolat Puppeteer說過一句話。

她說公敵一旦死去，即使後來復活，那終究也只是同種的公敵，並非同一個個體得到重生。花了漫長時間培養出來的情誼，再也不會復甦……

即使真的能讓梅丹佐復活，也沒有人可以保證復活的會是與春雪打過、幫助他、教導他，最後更為了保護他而死的那個志氣凌雲的大天使。如果重生的是全新的神獸級公敵「大天使梅丹佐」，相信這個個體一定會立刻殺了春雪與千百合。

不，他並不是害怕遭到攻擊。梅丹佐的本質，是一個在無限制中立空間裡度過了八千年這麼悠久的時光——以人類歷史來說，就是從繩文時代活到現代，因而琢磨出知性，加深了思慮的「靈魂」。讓她以少了這種靈魂的公敵身分復活，正是對梅丹佐最嚴重的冒瀆。最重要的是，她自己……不希望這樣。

「有田同學……你怎麼了……嗎？」

不知不覺間來到身旁的綸拉了拉春雪上衣衣袖，讓春雪回過神來，趕緊搖了搖頭說：

「沒……沒有，什麼事都沒有。我只是，這個，在想很多事情……」

「我也想了很多。想到我應該要比以前更珍惜……能像這樣和有田同學一起度過的時間才行……」

「啊，嗯……嗯，妳說得對。」

春雪正要點頭，後領卻被黑雪公主拎起；綸的領子則被楓子用力抓住。

「春雪，你看到學生會的展演，有了很多感想，這的確讓我很高興，可是我自認並沒有在裡面放進什麼要你和特定女生加深交流的訊息啊。」

「就是說啊，綸。我會要妳好好珍惜跟我特訓的時間，就跟和鴉同學度過的時間一樣珍惜。」

「「知……知道了。」」

春雪與綸異口同聲地這麼一回答，Pard小姐就冷靜地做出評語：

「我從裡面接收到的訊息，就是說沒有任何時間是可以浪費的。離下午三點校慶結束，還有三十分鐘。」

「喔，就是啊。我們還沒看過的地方裡，有什麼推薦的嗎？」

被已經完全甩開淚水的仁子這麼一問，春雪就在上衣後領被拎住的姿勢思索。

自己班上的展示已經帶他們去看過，而且被學生會這種超出國中生該有等級的AR展演震懾過後，根本不好意思帶人去看自己一個晚上趕出來的成果。其他班上有沒有什麼有趣又有營養的展示呢——

春雪正左思右想，決定今後要過得更急性子的Pard小姐就等不下去似的說道：

「那就把黑雪、小百和博士也帶去看小春班上的展示就好。」

看來紅之團的兩人，已經決定在現實世界裡稱黑雪公主為黑雪，稱千百合為小百，稱拓武為博士，稱春雪為春雪或小春。

通常這種外號都是不知不覺間自然形成，所以突然被以前一直稱他為「Crow」的Pard小姐叫成「小春」，讓春雪不由得有些怦然心跳。但他還是清了清嗓子來掩飾，然後回答說：

「可……可是，跟學生會的展演比起來，根本沒什麼大不了……」

「你說這是什麼話？我可是滿心期待啊。拓武和千百合不也一樣嗎？」

黑雪公主放開春雪的衣領這麼一說，小百阿拓搭檔就興奮地說：

「那當然！畢竟是我們班上的展示，本來我還打算說如果時間不夠，就乾脆等公開播放結束後再請大家來看呢。」

「我也是，而且聽說還頗受好評。」

「……那……那就，去看一下……」

能讓黑雪公主等人這麼說，春雪終究按捺不住喜悅，於是小小點了點頭。他這一點頭，楓子就雙掌一拍，笑瞇瞇地說：

「對了，機會難得，看完以後我們就再去一次『動物王國』吧。畢竟小幸你們應該還沒玩過。」

「咦……」

春雪立刻全身僵硬，Pard小姐、仁子、晶、謠與綸等五人也露出非常尷尬的表情。但被仍然滿面笑容的楓子送來一記秋波，春雪再也不敢拒絕。

他轉身面對一臉訝異的黑雪公主、千百合與拓武，說道：

「呃，呃……那我們就先去二年C班吧……」

校慶的最後三十分鐘，可說是高潮迭起。

幸運的是春雪苦心製作──雖然所花的勞力多半只有黑雪公主的幾百分之一──的班級展演內容「三十年前的高圓寺」，似乎讓尚未看過的三個人都看得很高興。二〇一七年這個年代在學生會的展演中轉眼間就過去，但仔細看看這個不遠的過去，還是會讓人多方思索……這是黑雪公主的評語。

接著就是問題所在的二年B班攤位「動物王國CAFE」。

眾人在企畫製作人間飼育委員會同僚井關玲那用一臉賊笑表達：「委員長你又來光顧啦？」，然後帶著眾人來到一張桌旁坐下。他們和上次一樣，點了包含動物名稱的飲料。第一次來的千百合選的是【小貓惡作劇】，同樣沒來過的黑雪公主點了【晚霞烏鴉】。

喝完後移動到教室後方的舞台，首先八名女性全都換上「正規的」AR布偶裝拍紀念照。然後在楓子的指示下，黑雪公主與千百合以外的六個人下了舞台。「其實很可怕的Raker老師」立刻看了春雪一眼，再度送出秋波，說出一句話：「好了，請動手吧，鴉同學。」——

這是命令，我不能違抗師父的命令。春雪這樣說服自己，豁了出去，點進換裝程式選單深處，將現在選擇的【Animal Fur Suit】換成【Animal Fur Suit S（Sexy）】。

並排站在舞台上的千百合與黑雪公主，先瞪大眼睛呆住了兩秒鐘左右，但一發現身上毛皮的面積減少九成，立刻發出眾人從未聽過的尖叫。

「……那麼，小春。」

眾人離開動物王國，走向樓梯口。拓武在一行人的最後面把眼鏡鼻架往上一推，對走在身旁的春雪問說：

「照片有拍成功嗎？」

「嗯，可是又被強制直連砍掉了……」

「這樣啊……——資料有可能復原嗎？」

「可能性很低。可是……我打算嘗試看看。」

「……要是有我能幫忙的地方你儘管說。」

「知道了，我晚點再跟你聯絡。」

他們兩人小聲談話，走在前面的千百合就轉過頭來，投來翻白眼的視線。

「你們鬼鬼祟祟講什麼東西？」

「「沒什麼。」」

黑暗星雲的兩名男團員，以完全同步的動作搖了搖頭。

下午三點。

春雪等人在前庭的角落，聽到告知校慶結束的廣播。

掌聲在整間學校內再度響起，又像退潮似的漸漸平息。以學生家人或朋友為主的一般來賓，都一邊笑談感想，一邊走過學校側門踏上歸途。

明天週一是整理日，後天週二是補假，這幾天過去後，校慶的非日常感就會消失得無影無蹤。儘管一年級時就已經經歷過，但今年怎麼想都不覺得可以輕易回到日常生活。

「唉～結束啦。」

仁子雙手大大伸了個懶腰說出這句話後，又忽然想到似的補上一句：

「結束之後有沒有去春雪家續攤之類的活動啊？」

咦咦咦？這句話春雪還來不及喊出來，黑雪公主就評說：

「我是很想說這點子不錯啦，但是很遺憾的我有會後手續要辦，暫時不能回家，所以不准。」

「妳不來又沒關係……」

「我．說．不．准！而且今天大家也都累了吧？不回去好好休息，明天可會很難熬的。」

「嘖，真沒辦法。」

仁子雖然露出不滿的表情，但接著又大大打了個呵欠。這時Pard小姐從後伸出雙手，抱住了顯得有些尷尬而連連眨眼的軍團長。

「今天我們就這麼回練馬去了。THX，雖然發生了很多事，不過很開心。」

「Pard，我鄭重跟妳說一聲，恭喜昇上8級。」

長年的好對手楓子為Pard小姐的昇級送上祝福，接著問說：

「那我在現實世界要怎麼稱呼妳才好？」

「叫『喵喵』就好，楓。」

「……了解。那我會期待跟喵喵對戰的。」

「K。」

Pard小姐一點頭，仁子也揮揮手說：「那我們走啦，下次換你們來找我們啊！」於是日珥的兩人就走出校門，混在人群中離開了。

接著楓子牽著綸的手踏上一步說：

「我要再次鄭重道謝。鴉同學，謝謝你救了綸和Ash。」

被她深深一鞠躬，春雪趕緊回答：

「哪……哪裡，這不是靠我一個人，是大家努力爭取到的結果……而且破壞『本體』的根本就是學姊和師父妳們……」

「可是，這整件事都是從鴉同學想救綸的心意開始的。」

楓子微微一笑，綸也雙手併攏在身前，深深一鞠躬說：

「這個，我，還有哥哥，也非常非常，非常感謝有田同學……為了報答你的心意，只要是我能力所及，我什麼都願意做。首先，我想到……要盡快實現師父交代的事……」

——是什麼事來著了？

春雪內心不解，但看到綸眼眶含淚地再次鞠躬，於是先回答再說：

「……日下部同學，還有當然Ash兄也是，你們能回來，我真的好高興……請幫我告訴妳哥哥，說我很期待下一場早上的對戰。」

「好的，當然沒問題！」

綸一點頭答應，這次就換晶走上前來，轉身面向春雪等人：

「我也非得道謝不可說。」

她紅框眼鏡下那雙平常顯得很酷的眼神轉為柔和，繼續說道：

「謝謝你們把我從禁城解救出來。能夠再次和大家一起在那個世界並肩作戰，簡直就像作夢一樣。雖然還剩下很多謎題和問題……可是，只要一個一個解決就好了。我相信只要跟大家在一起，就什麼事情都辦得到。」

最後楓子、綸與晶不約而同地再次一鞠躬，就走向學校側門。相信一定是由楓子開車送她們回家吧。當她們三人的身影再也看不見，這次換謠閃動雙手手指。

【UI＞那麼我也去餵過小咕就回家了，今天非常謝謝你們邀我來。】

「啊，那我也去幫忙。」

春雪身為飼育委員長，當然這麼提議，然而……

【UI＞不用，今天我一個人去就好了。有田學長應該比自己想像中還累得多，你要趕快

回家，多吃點飯，慢慢泡個澡，好好睡一覺才行。】

被年紀比自己小得多的謠擺起一副姊姊架子開導，春雪還想爭辯，視野中卻跑過一串不容他抗辯的話。

【UI＞這是超委員長的命令！】

看到謠滿臉微笑打出的這個命令，黑雪公主也在微微的苦笑中聯名附議。

「就是啊，春雪，今天你就回家休息吧。不然明天做起整理跟打掃可是會累死人的。」

連千百合與拓武也立刻催說：「就是啊小春！」「就是說嘛小春。」他也只好點點頭。

春雪心想他們兩人應該也差不多累，問說要不要一起回家，但看樣子千百合與拓武參加的田徑隊和劍道社都要開會。春雪也不敢說要等他們，於是說出道別的話。

「呃……那，四埜宮同學，麻煩妳幫我跟小咕問好囉。」

【UI＞我會把話帶到的！】

「還有，學姊，展演真的讓我很感動。小百他們攤位的可麗餅也很好吃，阿拓的武士之舞也很棒。大家校慶辛苦了。」

聽春雪這麼說，黑雪公主等人都不約而同地——謠當然是用打字——回答：「辛苦了！」

這一瞬間，春雪清清楚楚感受到今年的校慶結束了。

雖然還剩下善後整理工作要做，但純以二年C班來說，也只需要撤下看板，把桌椅排回原位而已，相信明天上午就可以做完。

沒錯，漫長的六月也將在今天結束，從明天開始就是七月了。期末考、結業典禮，以及暑假就要來臨。流動的時間沒有辦法阻止。不停湧來的未來，會不斷將現在化為過去。

至少希望能夠無怨無悔地度過每一天……如果可以，最好是每一分每一秒。為了報答過去引導自己走到今天這一步的人們。

春雪想著這樣的念頭，朝同伴們大大揮了揮手，穿過有著時鐘形狀的門，走出了學校。

7

但他其實不想一個人回家。

他本想在學校待到接近強制歸宅時刻，找人天南地北閒聊。又或者照仁子的提議，在自己家續攤也可以。如果可以，他很想請千百合和拓武在他家過夜，玩老遊戲玩到累得睡著。

如果能以這樣的方式迎來明天，相信多少可以淡去。無論是插在內心深處的尖刺，還是那沉重又哀戚的心痛。

春雪走過與十五年前剛蓋好時相比，外牆也已經多少褪色的高層大樓大廳，搭住戶專用電梯去到二十三樓。然後走在公共走廊上，解除自己家的門鎖，打開了門。

「……我回來了。」

他小聲這麼說，但家中仍然一片漆黑，鴉雀無聲。母親去海外出差，到深夜都不會回來，而且只有今天應該不會有仁子無預警突襲找上門來。春雪慢吞吞地脫下鞋子，在洗手間洗手洗臉，然後回到自己房間換上T恤。

朝時間瞄了一眼，現在還不到四點。早上八點半才和昨晚在這裡過夜的仁子一起出門，所以算來還只經過了七小時又三十分鐘。

如果把在無限制空間的長期任務算進去，體感上所過的時間將近三倍，但心情還是跟不上狀況。總覺得像這樣一個人站在自己房間裡的現實，反而才像是人工的虛擬體驗。

只要做做平常回家後做的那些事，這種奇妙的感覺應該也會消失吧。春雪想到這個主意，在虛擬桌面上打開代辦事項清單，但裡頭竟然一件事都沒寫。畢竟校慶當天不會有課題，也不必提交報告檔案。春雪本來想說那不如來把房間做個大掃除，但他終究沒有這個力氣。

百無聊賴的念頭轉著轉著，就覺得身體越來越沉重，讓春雪重重倒到床上去。

他把身體翻過來，仰望天花板。本想乾脆就這麼睡著，但明明應該很累，卻就是沒有睡意。他雙手放到腦後攏起，讓思念漫然來去。

在黑雪公主、楓子、晶與謠的奮鬥下，ＩＳＳ套件本體遭到破壞。

所有終端機，也就是寄生在Ash Roller與Magenta Scissor，以及其他多達數十名套件使用者身上的黑色眼球，應該都已經就此完全消滅。再也不會在對戰中以黑暗氣彈與黑暗擊肆虐，套件本身也不會繼續感染。

但相對的也多出了新的問題。

Wolfram Cerberus在超頻點數只剩10點的瀕死狀態下，被強制斷線而消失。

而「無敵號」的推進器仍然屬於他。

仁子說她不會心急，但他們必須盡快搶回並淨化被搶走的推進器。強化外裝上多半還留有災禍之鎧MarkⅡ的因子，而加速研究社應該會想利用這些因子，展開新的圖謀。必須趁Cerberus……趁既是春雪的好對手也是朋友的他，遭到Argon Array更進一步玩弄之前，完全斬斷禍根才行。

另外雖說ISS套件已經消失，但並非連使用過套件者的記憶都跟著消失。相信其中也有人因為受到精神干涉太嚴重，用套件的力量凌虐以前的好友或同團團員。又或者也有人強行讓身邊的超頻連線者感染到套件。

Magenta Scissor與Olive Glove這些人，今後將會怎麼做呢？他們還有地方可以回去嗎？但願可以建立一種共識，認為可恨的是ISS套件與散播套件的加速研究社，對以前用過套件的人不繼續追究，但現在非得等候諸王的決定不可。

說到王，就想到突然在校內網路對戰中現身的白之王White Cosmos——是黑雪公主「上輩」與親生姊姊的她，竟是加速研究社的社長，這個令人震撼的事實已經揭曉，但春雪無法判斷該怎麼處理這個情報才好。

既然沒有任何一項物證，那麼貿然糾舉，反而有可能落人口實，讓黑暗星雲遭到排擠。到頭來，這件事也只能交給黑雪公主與楓子處理。

也就是說，現階段沒有一件事是春雪能做的。

無論是回收推進器，還是要讓Cerberus從研究社叛逃出來，又或者是定白之王的罪，都不是只憑春雪一個人的意思就能處理的問題。之所以能夠勉強擊破災禍之鎧MarkⅡ，也是靠了仁子、Pard小姐、拓武、千百合，以及……梅丹佐的幫助。

春雪想到這裡，用力閉上了眼睛。

過去一次又一次幫助春雪的大天使梅丹佐已經不在了。當他再次體認到這個事實，眼睛就慢慢發熱。

就體感時間而言，短短三、四小時前才第一次談話，並肩作戰過幾次就立刻消失。他們之間就只有這麼一點交流，而且對方甚至不是超頻連線者。

但自己為什麼會有著這麼強烈的失落感呢？

春雪對自己這麼問，又自己做出了回答。

——一定是因為，我太高興了。

——以前公敵只是應該要打倒的對象……何況對方還是公敵當中歸在最強分類的神獸級(Legend)，甚至還是個曾將中城大樓變成絕對無法侵犯之要塞的令人畏懼的守門人，我卻能夠和她說話，當上朋友，讓我好高興。

——不對，這些理由都是後來找的。

——我就只是，喜歡，梅丹佐……

春雪睜開眼睛，發現不知不覺間盈眶的眼淚，吸飽了從窗戶射進來的黃光而閃閃搖曳。

梅丹佐追求的是加速世界被創造出來的理由，以及自己活了八千年的意義。她甚至還說如果能夠看到世界的盡頭，即使自己因此消滅也在所不惜。

春雪沒有辦法告訴這樣的她。沒有辦法讓她知道存在於加速世界外側的現實世界有多麼寬廣，沒辦法讓她知道在現實世界過去，以及今後也將持續流動下去的時間，有著無異於無限的規模。

透過高機能玻璃，可以微微聽見環狀七號線大道上的車流聲。

相信現在地上的購物中心，一定被星期天下午攜家帶眷來逛街的顧客擠得水洩不通。就在八千年前繩文人的小孩子們跑來跑去，一千年前的野武士騎馬馳騁，一百年前被燒夷彈夷為平地，十年前春雪和千百合與拓武玩著捉迷藏的那個地方。

時間不斷流動。無論在現實世界……還是加速世界。

……就去跟她道別吧。

他突然浮現這種想法。

雖然謠和黑雪公主吩咐他要好好休息，但如果只要一下子……只要三十分鐘，或者一小時，相信她們一定會肯原諒他花上這點時間，也會允許他花費10點的點數。因為即使對黑雪公主他們而言，梅丹佐應該也是同伴。

春雪閉上眼睛，眼眶裡的眼淚就沿著雙頰流落。

春雪也不伸手去擦，輕輕說了聲：

「『無限超頻』。」

8

隔了現實時間三個半小時後來到的無限制中立空間，染成了一片全白。

從灰色的天空無聲無息落下的雪結晶，一碰到伸出的手掌就立刻融化消失。聳立在春雪腳下的高層大樓，也成了一塊巨大的冰。

這是「冰雪」場地。由於建築物內賦予了不可進入屬性，他才會出現在大樓屋頂。

「……原來，發生過變遷啊。」

春雪喃喃說出這句話，但這是當然的。因為現實世界中的三個半小時，在加速世界裡大約相當於一百四十六天。

春雪慢慢坐到積了約有二十公分的雪地上。金屬色虛擬角色對結冰屬性傷害有抗性，但並不表示不會覺得冰冷。然而現在就連這種攢刺神經似的寒氣，都讓他覺得愛惜。

「她說過討厭地獄屬性……不知道喜不喜歡冰雪。」

春雪雙手捧起一團雪，自言自語。

雖然沒有人回答，但梅丹佐全身純白，相信她一定喜歡這一片雪白的世界。

春雪坐在屋頂邊緣附近，凝神望向西南方。

視野被下個不停的雪遮住，連新宿都廳都看不見。但這個方位上，應該確實有著先前他們和梅丹佐第一型態展開激戰的東京中城大樓……更過去則有東京鐵塔遺址與芝公園。

「妳的城堡，是個什麼樣的地方，我真想看看……」

現在回想起來，明明已經去過好幾次楓子買來當住家的東京鐵塔遺址，對就在不遠處的芝公園地下大迷宮卻連入口都不曾看過。可是，相信自己多半已經不會有機會去了。少了主人的城，去了一定也只會覺得更加寂寞……

就在想到這裡時，春雪忽然注意到了一件事。

說不定，根本就用不著請千百合動用香櫞鐘聲？

公敵即使被打倒，一旦發生「變遷」就會復活。梅丹佐的本體，也就是第二型態，在八千年來一次都不曾被打倒，但同樣的規則是不是也適用在她身上呢？

也就是說，如今芝公園迷宮的主人，有可能已經在最深處復活了。

「…………」

一瞬間高漲的希望，隨著嘆氣聲一起擴散到了冰冷的空氣中。

即使她已經復活，肯定也是「新的梅丹佐」。不是那個抗拒自己的命運，渴望看到世界盡頭的Being，而是只會忠實執行命令的公敵，看到有超頻連線者出現就出手攻擊。

「…………為什麼……」

春雪以細小的聲音喃喃說著。

「為什麼……要…………」

他呼喊的對象，不是梅丹佐。

而是創造出加速世界——創造出「BRAIN BURST 2039」，以及「ACCEL ASSAULT 2038」與「COSMOS CORRUPT 2040」的神祕設計者。

「……你為什麼要讓梅丹佐有心？為什麼要讓她有思考的能力……讓她有煩惱、痛苦、懷抱希望的能力？為什麼，要讓她有不惜犧牲自己，也要救我這個渺小的人的勇氣……靈魂……還有愛！」

春雪將握緊的拳頭用力打在眼前結冰的地上。冰雪空間的大型建築物有著很高的耐久力，這種程度的打擊根本無法撼動。

打了兩三拳後，拳頭上傳回尖銳的疼痛，但春雪不管這麼多，繼續打個不停。

「為什麼……為什麼…………為什麼！」

在嘶吼聲中揮下的右拳裝甲上，竄出了細小的裂縫。一種像是被冰針攢刺的痛楚，在虛擬的神經中流竄。但這樣根本不夠。

那一瞬間——

梅丹佐將自己的存在本身化為能量而發出「三聖頌」的瞬間，春雪就只是看著。就只是在離她很近的地方，感受梅丹佐的奉獻與消滅。

他真的無能為力嗎？

既然陽光不夠，就用心念能量補充。要是想像已經燃燒殆盡，就拿自己的靈魂補充。即使要燒毀幾條腦神經，難道他不應該和梅丹佐一起奮戰，而不是只看著她保護他？

「可是……可是，我卻……！」

春雪卯足全力，將舉起的雙拳砸在冰上。

藍色的冰塊竄出放射狀的裂痕，春雪的銀甲上也有微小的碎片飛濺出來。

體力計量表減少，劇痛貫穿腦幹。

再一次。

又一次。

雙手裝甲脆弱地碎裂，露出了深灰色的虛擬身體。要是繼續擊打地面，多半連手本身都會碎裂。

但是，這不要緊。我要繼續品嚐這種痛楚，直到自己整個人消失為止。

彷彿是要呼應春雪的情感，一陣強風吹了起來，整個空間的天候也轉變為暴風雪。春雪籠罩在翻騰的白色雪花中，舉起露出的雙拳就要朝地面砸去。

就在這時……

……還……有……

他覺得有個人說話的聲音，從很遠很遠的地方傳來。

他停住了呼吸，雙手舉在空中不動，仔細傾聽。在呼嘯的暴風雪中，拚命尋找聲音。

……你的……裡，還有……

一個穩重中又像絲綢般柔順的女中音。雖是女性的嗓音……但和梅丹佐那甜美又清晰的高音不同。和黑雪公主、楓子，以及春雪所認識的任何一個人都不一樣。

春雪慢慢放下雙手，以沙啞的嗓音發問：

「妳……是誰？還有，什麼……？」

……我……照。是梅丹……盟友。

簡直像在轉著舊式無線電機旋扭調整頻道，聲音慢慢變大、變清晰。春雪連雙手的劇痛都忘在腦後，拚命集中意識。

……與梅丹……的核心之間的連結，還留……你心中……

……能不能修復核心，全都看你。全看你們稱之為心念的力量夠不夠強。

……剩下的時間不多了。在核心消滅之前……

……伸出手去。這樣……來，一定會……到……

聲音迅速遠去，消失。

無論怎麼仔細傾聽，都只聽得見暴風雪的呼嘯。想來倒也像是自己那無窮盡的眷戀所創造出來的幻聽，但應該是不可能的。與梅丹佐的連結，還存在於春雪體內。這個神祕的聲音就是在告訴他這個令他意想不到的情形。

「……在我……體內……」

春雪茫然說出這句話，然後握緊雙手。

只要心念的力量夠強，就能修復梅丹佐的核心。這個聲音是這麼說的，還說已經沒有時間了。

既然有這個可能，那就非做不可。但春雪不明白該怎麼做才好。要發動心念系統，就必須要有明確的想像。但他完全想不到該做什麼樣的想像，也不知道該想像的對象是什麼……

春雪本想看看四周，找找看有沒有人可以告訴自己答案，但又用力忍住。

——這裡就只有我一個人。能對梅丹佐伸出手的就只有我。這是我必須獨自思考，獨自努力，獨自完成的時刻。我要遵守和梅丹佐之間的約定……這次我一定要遵守和她一起看到世界盡頭的約定。

既然我和梅丹佐之間的聯繫還留著，關鍵就是翅膀。

也就是大天使借給春雪，在與MarkⅡ的那場戰鬥即將結束之際，拯救他免於墜落死亡的強化外裝「梅丹佐之翼」。

春雪跪在冰雪上，雙手在面前交握，專心想像。

想像從比肩胛骨高了一些的位置，延伸出一對優美又銳利的純白翅膀。梅丹佐就曾多次透過翅膀警告春雪危險。要想起那種感覺……再次想起那種聯繫。

春雪閉上眼睛。無論是肆虐的暴風雪、雙手的劇痛，還是籠罩全身的寒氣，都逐漸遠去。

一片漆黑之中，想像自己伸展虛幻的翅膀。想像自己高高升起，直達世界的外側。

想像穿透無限制中立空間……振翅飛向Highest Level……

——梅丹佐。

——妳聽得見嗎？梅丹佐。

——我，就在這裡。我張開妳給我的翅膀，在妳所愛的世界裡飛翔。

——而我，現在，在朝妳，伸出手。

一閃。

無限的黑暗另一頭，有顆小小的星星閃爍。

那是一種實在太虛幻，太無力，彷彿隨時都會消失……卻傳來一種淡淡溫暖的白光。

春雪奮力拍動翅膀，盡力伸出手。頻頻閃爍的星星實在太遙遠，而春雪的手實在太短。

但距離不是問題。只要相信能碰到……只要將心中產生的所有能量化為相信的力量，再把手伸得遠一點，再遠一點……看吧。

他輕輕地，溫柔地將星星呵護在手掌中。

同時睜開雙眼。

飄散的雪花，碎裂的結冰地板，以及交握不動而結了冰柱的雙手。

他慢慢鬆開左右手。冰柱掉到地上碎裂。他慢慢地、慢慢地張開雙手。

但手掌中什麼都沒有。冰雪立刻堆積在手掌上，將灰色的手掌染成白色。

那一切，都是幻影……？是在寒冷至極的暴風雪中所作的短短的夢……？

不對。

有個極小……比一片冰結晶還小的光點，在手掌正中央淡淡閃爍。

光芒以穩定的頻率閃爍，就好像是引導暴風雪中徘徊的旅人行進的燈光。

又或者，像是心臟的脈動。

春雪縮起手掌，護著光點不受四周的寒氣侵襲，同時輕輕朝光點呼氣。

光點的閃爍漸漸變快。從每秒一次的頻率增加為三次……增加到十次。過了一會兒，頻率快得連春雪的眼睛都看不清楚，維持穩定的連續閃爍狀態。

光芒輕飄飄地散開，化為一個直徑兩公分左右的光環。光環下方出現一個細長的紡錘，紡錘兩側更伸出兩片小小的翅膀。整體發出一種乳白色的光芒。

他不可能會認錯。這是梅丹佐在加速研究社大本營裡為春雪領路時所用的立體圖示模樣。

是真的她嗎？還是說，這只是春雪用想像創造出來的短暫幻影……？

春雪戰戰兢兢舉起右手，用食指輕輕摸了摸紡錘部分。

碰得到。有實體。而且，有種還有種慢慢透進全身的溫熱。

「…………梅丹、佐……」

春雪以顫抖的聲音呼喊，同時又要伸手去碰圖示……

就在這一瞬間……

「你這個………無禮之徒！」

強烈的斥責重擊腦幹，讓春雪往後一仰，跌坐在地。

圖示趁機溜出手掌，拍動翅膀在春雪頭上十公分處懸停，繼續大喊：

「Silver Crow！你是我的僕人，卻以為我會准你這樣摸我嗎！為了處罰你剛才大逆不道的行徑，我要把你為我服侍的期間延長五百年！」

「…………」

春雪茫然仰望立體圖示好一會兒。

忽然間視野一歪。

他感覺到鏡頭眼在護目鏡下流出滾燙的液體。液體從面罩下方流出，迅速融化了積在虛擬角色裝甲上的雪。熱淚無窮無盡地不斷湧出。

這不是幻覺。

就如那個神祕聲音所說，她並未消失。雖然不清楚詳細運作邏輯，但她與春雪之間的聯繫(Link)確實還留著，啟動這個迴路，也就讓梅丹佐的靈魂從瀕臨消滅之際復甦。

春雪連聲音都發不出來，只能不斷流出眼淚，梅丹佐就微微放緩語氣說：

「而且真要細究起來，當初我們的連結斷絕，我借你的翅膀卻還留著，那時候你就應該能夠推測出我免於完全消滅了吧？話說回來只不過是對付那點程度的敵人，我又怎麼可能就這麼消失？你既然要當我的僕人，至少也該好好理解主子的力量。不過不管怎麼說，你像這樣重新建構出了和我之間的聯繫，這點我就給予肯定吧。雖然很遺憾的，現在的我沒辦法給你什麼像樣的獎賞……」

春雪再也忍不下去了。

春雪按捺不住滿腔情緒，伸出雙手，牢牢籠罩住立體圖示，將她緊緊抱在胸口。

「啊，大膽，你做什麼！」

春雪一邊憐惜地感受著這小小翅膀的振動與淡淡光芒的溫暖，輕聲說道：

「……歡迎回來，梅丹佐。妳還活著……讓我……讓我…………」

春雪好不容易說到這裡，就被上衝的嗚咽哽得再也說不出話。

春雪在開始轉弱的暴風雪中，在冰天雪地上，把身體縮得小小的放聲哭泣。像個小孩子一樣放聲大哭。

手掌中的振動彷彿拿他沒輒——又或者是想安撫他，化為平穩的脈動，微微增加了熱量。溫和的溫度慢慢撫平雙手的傷痛。

不知不覺間雪停了，金色的陽光從厚重的雲層縫隙間灑下，但春雪根本沒注意到，一直一直哭個不停。

（完）

後記

非常謝謝各位讀者看完這本《加速世界16　白雪公主的假寐》。

這一集裡「白雪公主」登場的場面，是早在寫下第1集〈黑雪公主再臨〉時，腦子裡就已經隱隱約約想好的。第1集是在二〇〇九年二月初版（註：此指日版），但其實我早就把這篇作品拿去投了在更早一年四月截稿的第十五屆電擊小說大獎，所以記得實際開始執筆是在二〇〇七年的秋天前後。也就是說……（掐指計算中）從寫這篇後記的二〇一三年十二月算起，已經是足足六年以上之前的事情了。

當初寫第1集原稿時，雖然也會去想像整個故事會走向什麼方向，但當時實在沒有意志與覺悟要寫到這個地步，後來卻榮獲超乎自己能力所及的獎項，得以在電擊文庫出版，得到許多讀者支持，六年寫了十六本的故事後，終於來到了「這一幕」，讓我內心感慨萬千。《加速世界》真的是一套很幸運的作品，對支持本書的讀者實在是感激不盡。

……寫下這樣的話，就弄得好像是最後一集，但其實完全不是這麼回事……（汗）。雖然白雪公主殿下終於登場，但她也只是露個臉後就馬上回去了……而且又還有一大堆的謎團和問題尚未獲得解決……

真的不是在這邊感慨的時候了啊。到這一集總算告一段落的「ＩＳＳ套件篇」，是從二〇一二年四月出版的第11集開始，所以等於請各位讀者陪這黑色眼球耗上了足足一年半。可怕的是在書中的日曆上，第11集是二〇四七年的六月二十三日，第16集則是六月三十日，花了六集卻只讓時間推進了一週……而且再之前從第六集開始的「災禍之鎧篇」，也是發生在同月十六日的故事！難怪我會覺得怎麼書中一直在下雨！

不管怎麼說，我在第14集的後記裡宣稱：「下次要告一段落！」卻沒能斷個乾淨，第15集的後記更是破天荒拿兩話加速便當充數，在此我要鄭重為這兩件事深深致歉。雖然總算告一段落，但後面還有很多故事要繼續。第17集裡「鎧甲」或「眼球」都不會出現，將會是一段比較陽光的故事……照計畫是這樣。我想至少書裡的梅雨應該會停了！

行程延遲已經常態化而被我添了一堆麻煩的插畫ＨＩＭＡ老師，責任編輯三木先生與土屋先生，非常謝謝你們。那麼各位讀者，第六年也要拜託大家繼續給予支持與愛護了！

二〇一三年十二月某日　川原　礫

Kadokawa Light Novels

無限迴圈遊戲 1 待續

Kadokawa Fantastic Novels

作者：入間人間　插畫：植田 亮

若世界是一場無限迴圈的電玩遊戲，
我們該怎麼做才能找到一線生機？

教室裡午休時間將至，忽然受到巨大怪獸攻擊。我被怪獸一腳踩死——緊接著眼前出現一串神祕的倒數數字，以及選擇是否接關的畫面。只有我和敷島兩個人注意到，這個世界是一場「遊戲」。巨大怪獸將會再度來襲，在那串神祕的倒數數字減少到零為止……

NT$180/HK$55

台灣角川

Kadokawa Light Novels

情色漫畫老師 1 待續

Kadokawa Fantastic Novels

作者：伏見つかさ　插畫：かんざきひろ

《我的妹妹哪有這麼可愛！》黃金組合，
獻上全新的兄妹戀愛喜劇！

高中生兼輕小說作家的我的妹妹是個只在房間的家裡蹲，我得想個辦法讓她自己走出來！我的搭擋插畫家「情色漫畫老師」是個能畫出很棒的煽情圖的可靠夥伴。雖然他大概只是個噁心肥宅，不過我很感謝他！但是，我突然發現「情色漫畫老師」其實是我的妹妹!?

NT$250/HK$75

台灣角川

Kadokawa Light Novels

Sword Art Online

刀劍神域Progressive 1 待續

Kadokawa Fantastic Novels

作者：川原 礫　插畫：abec

在完全攻略SAO之前，
沒有人可以離開這裡……

「這個遊戲是不可能被攻略的。所以只是在什麼地方以什麼樣的形式，以及早死……晚死的差異而已……」以「獨行」玩家身分戰鬥的桐人遇見了最前線相當少見的女性玩家。只靠手裡的一把細劍持續與怪物進行戰鬥的她，就像劃過夜空的「流星」一般——

NT$320/HK$98

台灣角川

Kadokawa Light Novels

©ZIN AKIME 2012

女性向遊戲攻略對象竟是我…!? 1~2 待續

Kadokawa Fantastic Novels

作者：秋目 人　插畫：森沢晴行

美少女和性命，該選擇哪邊才好？
以「女性向遊戲」為名的怪怪死亡遊戲戀愛喜劇！

我被拋入女性向遊戲世界，莫名其妙成了攻略對象。本來以為美少女只會追求型男，身為平凡男子的我大可放心，但不知怎麼搞的，似乎進入充滿死亡結局「我的路線」了……我打算要盡全力避開她們，但她們不知為何就是主動接近我，使我遍地插滿死亡旗！

各 **NT$190~220/HK$58~68**

台灣角川

智慧村的座敷童子 1 待續

Kadokawa Fantastic Novels

作者：鎌池和馬　插畫：真早

《魔法禁書目錄》作者鎌池和馬最新作！
嶄新風格的妖怪懸疑劇，熱鬧登場！

田園風光與尖端科技共存的區域，就是這個「智慧村」。此處連「妖怪」也深受吸引，前來尋求舒適的「棲身環境」。當然，妖怪也跑來住在我家。該妖怪是個巨乳座敷童子，會手拿無線搖桿，優雅玩著遊戲……喂！妳這個座敷童子，拜託也幫忙一下吧！

台灣角川

NT$260/HK$78

國家圖書館出版品預行編目資料

加速世界. 16, 白雪公主的假寐 / 川原礫作 ; 邱鍾仁譯. -- 初版. -- 臺北市 : 臺灣角川, 2014.10
面 ; 公分

譯自 : アクセル·ワールド. 16, 白雪姫の微睡
ISBN 978-986-366-175-7(平裝)

861.57 103017404

Kadokawa
Fantastic
Novels

加速世界 16
白雪公主的假寐

（原著名：アクセル・ワールド 16　—白雪姫の微睡—）

2014年10月30日　初版第1刷發行
2022年12月16日　初版第5刷發行

作　　者：川原礫
插　　畫：HIMA
日版設計：BEE-PEE
譯　　者：邱鍾仁

發 行 人：岩崎剛人
總 編 輯：蔡佩芬
副總編輯：朱哲成
美術設計：吳佳昫
印　　務：李明修（主任）、張加恩（主任）、張凱棋

發 行 所：台灣角川股份有限公司
地　　址：104台北市中山區松江路223號3樓
電　　話：（02）2515-3000
傳　　真：（02）2515-0033
網　　址：www.kadokawa.com.tw
劃撥帳戶：台灣角川股份有限公司
劃撥帳號：19487412
法律顧問：有澤法律事務所
製　　版：尚騰印刷事業有限公司
ISBN：978-986-366-175-7